U0132806

汪亚尘论艺

汪亚尘 原著

王 震 选编

上海书画出版社

图书在版编目(CIP)数据

汪亚尘论艺/汪亚尘原著;王震选编. —上海:上海书画出版社,2010.1

(近现代名家论艺经典文库)

ISBN 978 - 7 - 80725 - 883 - 4

Ⅰ.汪… Ⅱ.①汪… ②王… Ⅲ.①艺术评论—文集 Ⅳ.①J05 - 53

中国版本图书馆 CIP 数据核字(2009)第 230604 号

近现代名家论艺经典文库

汪亚尘论艺

汪亚尘　原著　　王震　选编

责任编辑　　黄　　剑
技术编辑　　钱勤毅
封面设计　　王　　峥
责任校对　　柏　　龙

出版发行　②　上海书画出版社
地址　　　上海市延安西路 593 号
网址　　　www. shshuhua. com
E-mail　　shcpph@online. sh. cn
印刷　　　上海市印刷十厂有限公司
经销　　　各地新华书店
开本　　　889×1194　1/24
印张　　　11. 67　字数　240 千字
版次　　　2010 年 1 月第 1 版　2010 年 1 月第 1 次印刷
印数　　　0,001 - 3,300

书号　　　**ISBN 978 - 7 - 80725 - 883 - 4**
定价　　　**32. 00 元**

若有印刷、装订质量问题,请与承印厂联系

目录

双重亚尘

对于汪亚尘先生的关注，在我的研究工作中一直是十分重要的部分。大约在十多年前，我因为从事上海油画史方面的研究，了解到这位大家在 20 世纪前期的美术活动中的重要事迹。从"天马会"到新华艺专，从欧游展览到"默社"宣传，应该说他是一位中国西洋画运动的主力人物。对于中国近代美术教育、西洋画在中国本土的引进和创造，以及西洋画和中国画的兼容并进等方面，都有深入和独到的学述见解。

我曾经于 1995 年 5 月 19 日访问位于建国西路 155 弄内的汪亚尘旧居，采访汪亚尘夫人荣君立女士，获知了诸多重要的史实，并有机会认真观摩了汪亚尘先生的部分油画作品。这些作品大抵是创作于 1920 年代末期汪氏夫妇欧游时期，有在法国和意大利等欧洲城市的风景写生，也有在巴黎罗浮宫宫内的名画临摹之作。这些作品虽然因为年久封存之故，色泽略微发暗，笔迹稍显模糊，但是其中传递的气息，却依然荡漾着往时欧洲文化沉浸之中的才情和思索。当时我感觉到一个陌生而全新的汪亚尘，出现在我的学术视野之中，似乎在人们熟知的"汪金鱼"背后，隐约存在另一个被遗忘的汪亚尘。

近年来，因近现代美术学术研究和交流之故，多次赴东邻日本考察，关于汪亚尘的文献时有发现。东京艺术大学是汪亚尘早年留学学习西洋画的所在地，目前虽然没有发现其作为西洋画科毕业生所作的自画像或其他留校作品，但是汪亚尘在"1917 年（大正 6 年）9 月 22 日，西洋画科选科入学"等相关历史记录已经被发现。这位从和田英作教授工作室毕业的中国艺术家，体现了当时学院主义的印象派画风，并将写实基础融入印象主义的革命美术教育，进而融会于我国近现代美术创作探索之中，促成了其关于现代西洋画教育思想的形成和发展。位于关西故都的京都国立博物馆，亦有汪亚尘的作品和文献收藏，馆藏有1935 年徐悲鸿和汪亚尘合作《黄莺图》，此图在 1935 年《汪亚尘绘画展览会目录》中有著录，其中有汪亚尘自评："凡写一物，初不取巧，但求其真，既得其真，融会心灵，则气韵便孕焉。"我以为此正是先生本人艺术探索的生动概述。

近年来，随着中国近代美术史研究的升温，民国时期的画家研究变得炙手可热，但从目前现状来看，我们对一些画家的认识仍然不够全面，还有待深入的研究空间。美术史研究的突破很大程度上依赖于旧文献资料的整理与新文献资料的发现。此次出版的汪亚尘文集应该算是两者兼备，在旧有文献方面，进行了重新查阅，准确性大大提高，又补充一部分最新发现的汪亚尘相关文献，对当今美术史研究来说尤为珍贵。

从当前的研究现状来看，对于汪亚尘的个案研究也有待完善之处。从本书所选篇目可以粗略勾画出一个"双面"汪亚尘的形象，主要表现在汪亚尘的习画经历、艺术创作及艺术理论三个方面。

（一）留日与留欧的双重习画背景

20 世纪前期的中国美术史格局是以美术学校为中心的，美术学校吸引了当时绝大多数优秀画家供职。早期美术学校传授的西洋画并不是真正意义的上西洋画，而是在中国绘画的基础上加杂一些西洋造型的外在模仿。此时，为了学习更为纯正的西洋画技法，一批有识之士纷纷出国，其中留学日本和留学欧洲者先后成为影响美术史的两大流派。显然，留学日本与留学欧洲的画家在绘画创作上有着明显的区别。1916 年，汪亚尘东渡日本，后入东京美术学校学习西洋画，此时日本的西洋美术已经不是纯粹的西洋画，而是加入了一些日本绘画中的色彩及线条特征，是已经经过了"东方化"的西洋画。汪亚尘所学的印象派画法当然也囿于这个范围，在注重色彩变化的同时已经有点平面化的倾向。1921 年汪亚尘学成回国，在刘海粟的邀请下重任上海美术专科西洋画教师，此后是汪亚尘西洋画创作的高峰期，汪亚尘大部分西洋画作品作于此时。东渡日本学习西洋画，学到的不仅是西洋画技法本身，其所受的西洋画教育方式更深深地影响着汪亚尘地教育理念，上海美术图画学校开设美术写生课，是近代美术教育的重要举措，这与汪亚尘等留日归国画家有着极大关系。

1928 年，汪亚尘与夫人一同踏上驶往马赛的轮船，开始了人生另一段重要的学习西洋画生涯。游学欧洲与留学日本不同，此时的汪亚尘已经有了一定的西洋画功底，并已初步形成了他独特的艺术价值取向，所以当他领略到真正西洋美术的精华时显得目标更为明确。他临摹了很多幅名画家如马奈、塞尚、德加、米勒等人的作品，西洋绘画技艺有了进一步的提高。从回国后汪亚尘举办的"汪亚尘、荣君立欧游画展"可以看出，基于游历的绘画实践方式，促使汪亚尘的艺术达到一种新的高度。

汪亚尘兼有的留日与游欧双重习画背景，使他的西洋画创作受到双重影响，成为一种杂糅东西方艺术的并不多见的个案。

（二）"中西画并陈"的创作特色

汪亚尘的艺术创作从创作类别可以分为三个阶段：一是1930年之前以西洋画为主的创作阶段；二是1930年到1948年间的"中西画并陈"阶段；三是1948年赴美之后以中国画为主的创作阶段。

1930年之前是汪亚尘热衷于西洋画的学习及传播的时期，留学日本或游学欧洲学习西洋画是为了在中国进行西洋画美术教育，但早年有国学及国画功底的他，并没有放弃对中国画的研究及创作，尤其是在日本留学期间，常以出售自己的中国画作品获得资金，这些都为后来的"中西画并陈"奠定了基础。

汪亚尘从欧洲归国之后，从他举办及参加的展览可以看出他的创作进入了"中西画并陈"时期，其作品融合中西的印迹也更加明显，如西洋画的用笔上加入了中国画笔墨的韵味，而中国画里多有西洋画写实的造型特征。关于汪亚尘此时多中国画而少西洋画创作的原因，其夫人曾说："因为工作烦忙，无暇作巨幅的洋画，才对国画重新引起研究的趣味，因为洋画在时间上的消耗太多，而国画却可随兴而作。"国画在创作上的便利是汪亚尘转变的原因之一，实则与当时西洋画在中国的境遇有很大的关系，如西洋画并不能获得大多数人的认可、民族矛盾的日益强化导致民族心理增强等原因。

汪亚尘"中西画并陈"的绘画创作的意义不仅仅是艺术形式的探索，更是近代画家以学习西洋画来振兴中国画的一种体现，是建构五四精神与现代绘画价值之间的另一种思维方式。

（三）中西美术理论的双重成果

"中西画并陈"是汪亚尘在艺术创作形式方面的探索，与此有关的中西美术理论则更接近于中西艺术本质的讨论。汪亚尘相关的美术理论按内容可分为三个主要方面：一是西洋美术的介绍；二是中国传统艺术的考证；三是中西美术的比较。

汪亚尘对于西洋美术的介绍包括西方艺术思潮、创作手法、艺术流派及主要画家的介绍,尤其是 1930 年游欧之后在《民报》上有关西洋画家的介绍,包括了从文艺复兴时期的波提切利到印象派毕沙罗共十九位画家,实则是一段浓缩的西方绘画史。在当时传媒并不发达的时期,有关西洋美术的介绍无疑为中国人打开了一个了解西方的窗口。

与西洋美术方面注重传授式的介绍相比,汪亚尘有关中国绘画的理论则侧重于考证。其中《国画上的"六法"的辩解》、《谢赫的艺术及其趋向》、《宗炳画论评判》、《姚最〈续画品〉内容的检讨》等文章则具有很高的理论水平。以《顾恺之考》为例,此文章对于顾恺之从出生年代、艺术作品、艺术特色及接受史方面做了全面而深入的考证,尤以《洛神赋》画作是否顾恺之作展开的讨论详实程度,后人难以企及。

有关中西美术比较的观点散见于汪亚尘的很多文章内,《论国画与洋画》是其较为集中的体现,分别从国画与西洋画的材料、表现手法、表现题材及艺术趣味等多方面阐述了中西方绘画艺术的差别。另一方面,汪亚尘认为中西方艺术是可以借鉴并相互吸引利用的,他的"材料无差别论"则认为回归到艺术本质上来说,中西绘画在表现画家情感上有着殊途同归的效果。

汪亚尘习画经历、艺术创作及理论建构方面体现的双重性,是特定时代的文化情境使然,也是成就其艺术家独特性格的重要原因。作为民国时期一位重要的美术家、美术理论家、美术教育家,汪亚尘留下了造诣颇深的中西绘画作品和独到见解的理论文章。1948 年汪亚尘赴美之后,他在国内画坛的影响力逐渐淡化。

由于过早地"被淡出"国内学术研究的视野,汪亚尘作为中国近现代美术极为重要的一位大家,其实践经验、艺术影响和文化效应,事实上都未曾得到应有的学术定位。此次上海书画出版社本着独到的学术抱负和规划,精心启动汪亚尘相关艺术文集的出版,为学术研究提供了更为翔实的珍贵资料,此举对于汪亚尘和中国近代美术史的研究都意义匪浅。

四十自述

　　关心我的朋友们，常常问我研究艺术的经过，我总没有说过一次透彻的话。十九年（1930）冬，我从欧洲归国时候，有一次约胡适之在我家里吃茶点，我问起他的一篇《四十自述》，他说："写自述，可以把前后思想自己回顾一下，很有意思。"我早就有上面两个动机，所以现在我也来写我的《四十自述》。

　　我写自述，不过回想我研究艺术以来，自身不断奋斗的事实，在我国这样畸形的国家、社会、家庭的制度之下，想拿艺术来得人们的共鸣和理解，比什么都困难。但是我自幼拿定主意，一生必须在可爱的艺术上做去，不计未来的成功，不想留名于后世，只依艺术作人生唯一的慰安。我自接近艺术生活以来，已有二十四年的岁月，到现在还是不息地在探索，不断地在追求。回忆已往廿四年中，虽遇着许多困难，但我并不因人们藐视而觉得困难，并不因物质的逼迫而使我减少锐气。我觉得什么事情，都应自己立定主张去奋斗。

　　在国内的社会状态之下，漫说过去研究艺术的人，感着痛苦，就是现社会一般人的心理，对于研究真挚艺术的人们，依然藐视。他们把艺术当做"闲人闲事"看待，比较爱好些的人，也不过当作太平时候的消遣品。群众都存了这种观念，政府也无闲空来留心艺术，习艺术者受人们的轻视，就难免了。社会群众的观念如是，国家执政者的闲却又如此，家庭的不表同情，更是难免。过去二十二年间，革命潮流波荡，至今未见稍息，一般家庭，存了一种侥幸心，总希望自己的子弟在社会上得着优良的位置，学问可以不必求，位置确不能不高，抱着这一个"寅葬卯发"的念头，当然，唯一的目的，都想升官发财。哪里会了解艺术的真义？更谈不到同情和保护研究艺术的人。一般唯利是图者，莫不以捷径作谋利的手段，谈到学术，便不相容。那班人对外的势利，固不必说，他们往往把自身有关系的亲类，也当货物似的看待。记得前十年，送子弟求学，就像货物交易那样只想收利，社会一般人，既不晓得研究学术，不是在数年间可以精通，何况无止境的艺术？到了现在，更不如前，国家被强邻欺凌，社会生产落后，农村经济恐慌，据我所知道现在有志研究艺术的青年，有上述困难情形者，较前更甚。原来呢，研究艺术的人，固然要依着自己的目标前进，但是在青年血燃时期，恐怕也挡不住那些环境的压迫和冷涩的人情吧。但，我还相信要从自己坚心耐苦地去奋斗，我又始终相信："环境的压迫愈顽固，人们的抵抗力愈扩大；物质的压迫愈厉害，精神的奋斗愈升涨。"

因为得不到社会的同情而气馁，因为得不到人们的帮助而变其主旨，都不是习艺术者的态度。世间艺人，并不是社会心理学家，他不是用分析的方法，确以整个的魂魄来凝注的。凡一代成功的艺术家，往往容易受人不理解，愈不理解，愈见其特色。投好世俗，猜摸普通人心理用小智慧的艺人，结果，绝没有伟大的作品。纵然流行一时，他的艺术生命，也许会同他躯壳同时毁灭。这种事实，都可在古今中外的艺术史上去证明。

艺无止境，愈求则愈觉不足，既无速成，又不能自满，我自习艺术以来，虽不能说最努力的一个，但二十余年中，始终抱定的主旨是："以艺术慰平生，以学问安身心。"没有什么奢望，也没有什么目的，不过性之所近，酷爱绘事，自问对于绘画尚能守其趣旨。未敢自暴自弃，写这篇自述，便是我习艺的经过。中国的社会容不了我们这种研究艺术的人，现在写出这篇习艺的经过，也许能唤起初习艺术者的坚心。

我幼时对于绘画，比什么都欢喜，记得在高小时，最高兴上图画课，有一次学戴醇士山水画的陆先生，给我一幅中国画范本，我随自己的意思加减了几个部分，陆教员很不高兴，他说："以后不准乱涂。"使我深深地印在脑中。但有时我自己仿《芥子园画谱》画了几张带给陆先生看，他似乎称赞过。我每遇着放学归家，总是埋头作画，并且常常欢喜给邻家画糊窗纸，在学校里轮到上算术，总是十题九误，看到算术便不愿做，凡是要分析的课目，总不甚相近。

高小毕业后，十四岁那一年的春天（民国前三年），同我的父亲到上海来游玩，遇着甬人乌始光和陈汉甫。汉甫深知书画，一见我便很鼓吹我学习绘画，那时小花园文明雅集茶馆内有一个书画研究会，由汉甫介绍做会员，每晚同汉甫到文明雅集看许多上海画家当场挥毫。一位矮胖的蒲作英，常到书画会作画，他画淡墨竹极擅长，使我看得出神。吴昌硕也常到，那时昌硕一幅四尺整张，不过卖十几块钱。倪墨耕、黄山寿诸画家，常常合作。我自人文明雅集以后，每夜必到，差不多就是我研究中国画的场所。同时就自己练习，那样的生活，过了一年半，便随我的父亲回杭州。回到杭州，考入省立中学校，那个学校注重国文，图画钟点极少，我一面自己还是学习图画。过了一个学期，我父亲觉得洋学堂读书，根本不能赞同，停止给我学费，叫我跟着父亲学习商业。虽然勉强，但父亲的话，只得听从，不过心里终不愿意。有人在我父亲面前说我不念书倒很可惜，所以我父亲允许我从旁习画习文。不到一年，武昌革命起义，各地响应，杭州也光复了。我再随父亲来上海，复访乌始光，那时候乌始光在一个布景画传习所里学画。主办人是周湘，画的是照相背景，学的是水彩画，专门画些中西合璧的题材。那时候，上海的洋画简直没有,幼稚得可怜,一般想学洋画者,专在北京路旧书摊上觅杂志上的颜色画,不管是图案画或广告画,只要看见,就买回来照了模仿。因为没有真正的洋画,也找不着学习的场所,我们几个朋友,就杜造范本,还去骗人。我由国画而改习洋画的动机,便在于此!当时在上海有伊文思与普鲁华两家洋书店,有西洋画印刷品经售,将那种印刷品买回来临摹临摹,便充作至上海的西洋画,现在想起,着实可笑。

民国二年(应为民国元年,即 1912 年——编者按)春季起,我每天到乌始光家里补习英文,晚间在四川路青年会夜馆念书。这一年冬月,有一天早晨,在始光家里遇见了刘季芳(就是现在上海美专校长刘海粟)。季芳和始光,都是周湘背景传习所的画友,从那天起,还合了丁悚、夏剑康、杨柳桥等五六人,想筹备一个图画学校!那时候,季芳比我小二岁,始光比我大九岁,始光在上海住得久,普通的英语很能对付,所以比我们的经验都富些,我会见刘季芳那一天中午,始光请客,邀季芳与我三个人便到乍浦路日本人开的西洋料理店——宝亭——午餐。正在进餐,从窗门中望出去看见对过墙上有一张召租字条,那幢半中半西式的屋子又紧闭着,知道是出租,餐后打听房价不贵,就由始光去赁定那间屋子,试办学校的起点,也就在那个场所。

"上海图画美术院",是最初的定名,兼办临摹稿本的图画函授学校。最初人数寥寥,继续二年间,也不过二十余人。那时候,要在上海社会树起美术学校的招牌,确难号召,而且有许多连自己都还弄不清,练习造型艺术从何处入手?可说茫然不知。不过那时图画美术院里几个年轻小伙子,确抱着"知其不可为而为之"主义,耐心干去,这一点,我个人便觉得勇气直冲。

自民国二年(应为元年,即 1912 年——编者按)冬至四年(1915)春,一方面自己瞎画,一方面还要用现在望平街一带还留着的擦笔画做范本去函授学生,那时连讲义都写不清楚,现在回忆,真是害人!

民国四年(1915)春,陈抱一由日本归来,讲给日本人学洋画的方法,须用石膏模型为练习初步,另外又组织一个研究所,定名叫做:"东方画会",地点在西门宁康里。起初征集会员有二十余名,因为每月收纳研究费,石膏模型既少,研究的兴趣便提不起,学员渐渐减少,办了半年,便收旗鼓。同时我和始光在宁波路四川路口办过一个广告商店,定名"华达公司",专给戏园及照相做背景,始光做经理,我充技师。生涯颇不恶,约摸一年光景,始光先去日本,我也无意于此,到民国五年(1916)夏,便顶给杨清磬去办。那时我有些觉得在国内莫名艺术所以地干下去,误己误人,两不相宜,便毅然赴日本研究艺术。到东京后,先入川端画会一年。既到日本以后,第一个使我得到深刻印象的,就是看到日本人求学的态度,非常恳切,尤其是研究艺术者,都具有不惜探究的精神。未去日本以前,并不想久居,自从看到第七届文部省主办的帝国美术展览会,使我得到坚心求艺一种深刻的暗示。当时我的经济,早和家庭脱离,经济的来源,虽渺不可得,但我愿意冒险久居日本。到民国六年(1917)春,投考东京美术学校。东京美校须五年毕业,明知五年间的经费一无把握,却耐心守着,既考取以后,专心练习素描。未进东京美校以前,没有专心学习根底画,学画不从根基习起,绝不会有意外的收获,同时又须研究理论,画不是单靠手,还须用脑,这是我进东京美校后的觉悟!

不被降服于凡庸的心灵,无时不在奋斗之中,我入学校以后,物质上虽然感得压迫,但是精神上反为愉快,所谓精神愉快者,我一面练习素描,一面画些浅薄趣味的青绿山水画,那时有一位日本人,自号"不良老人"的井土灵山,由他代为去卖,每幅可得十元至十五元日金,我到手也不过四五块钱一幅。记得民国五六年(1916、1917),东京的生活程度不高,有三十块钱,便可过一个月的生活,到没钱使用时候,不得不画几幅青绿山水。

到民国七年(1918)春天,沈泊尘随新闻记者考察团来游日本,从泊尘介绍相识廉南湖先生,南湖携古画甚多,尤其他收藏的一千零五十页明清两代名家的扇面真迹,引起了日本人的注意。他从神户开过扇面馆,七年(1918)夏天,又在东京赁屋陈列扇面,我时常下午去为他招待,一面倒使我有研究中国画的机会。过了半年,南湖的扇面,全部让给日本人收藏。得价共十万金,那时日金便宜,合来只国币七万左右,经手人还要拿两成,因为有这样一个关系,南湖先生又见我求学心切,为我间接弄到一些每月私人补助费,于是我便安心求学,把我五年间的留学问题便解决了。

民国九年(1920),我归国一次,那时上海的报纸上有人投个消息称我"美术学士",其实我是还没有毕业的学生,绘画的程度也浅薄,使我内心不安者有几天。我国人喜夸大,乱吹乱撞,于此可见!同年秋天,再去日本继续学业,十年(1921)归国,在上海美术学校充当教员,那时候研究洋画的人,较前增加,学校里教授方法,渐入正轨,但成绩的幼稚,还是与从前仿佛。其中经过了许多的内战,不但艺术不能上轨,就是各种教育事业也只见停滞。虽然在这种环境中,而我的研究确较什么时期为努力,在学校方面担任实习功课之外,自身不息地研究技巧,同时在著述上也下过一番苦心。我因埋头的研究而为君立所同情,由艺术的同情而结成婚姻。十三年(1924)"双十节",得双方家长的同意,在上海沧洲饭店结婚,当时我的父亲还带病来做主婚人。

从十二年(1923)至十四年(1925),我曾编辑过《艺术周刊》,在《时事新报》发行,从十二年(1923)四月十四日起到十四年(1925)十二月二十六日止,中间小有停缺,共计出过一百三十一期。该刊侧重于造型艺术的评论和介绍方面,关于艺术教育,也有许多人共同讨论,自己觉得还热闹,其实社会上并没有怎样的影响。我当时就有一种感想:

　　画家虽然只要做他技术的功夫,用不着做文字的宣传工作,但国内既缺乏艺术的批评家,更没有对于讨论艺术的专著,所以让我们一知半解的画家还要兼任用文字说明艺术的工作。不过在国内艺术消沉，人们对艺术极少嗜好的时期，似乎也不能缺少那种宣传的工作。在那种微乎其微的影响中，虽然一般人依然麻木，不过学校里确引进了许多学生。

我对于学校行政一向不愿参加，除了教些实习功课之外，什么都不管。对于学校教课，已经勉强，再要当什么雇用式的职员，根本便不相投。到了国民革命军北伐来到上海前几月，学潮澎湃，上海美专也卷入旋涡，来势汹涌，不可遏止，那时学校当局束手无策，便停办半年。十七年（1928）春，重新继续，当时留校同人及创办者怂恿我为校长，我因为有许多条件不合，虽然章程印就好了，合同写了，我决计不干。后来幸得徐朗西先生的同意，愿意出来维持。那时要共患难，拿极微的酬报负重大的责任，便没人愿做，于是退一步要我办教务，处于患难时期，不得不勉为其难。关而复开的学校，自然学生骤然减少，那时的私立学校，专靠学生的收入来维持，学生减少，愈觉棘手，经费上毫无把握。办学校既没有预算与决算，又常缺少经费，任何人都办不了。教务更不易措置。教师不发薪，便不上课，因为发不出薪而不上课，教务处便不能十分顶真，这种情形办学校，比坐牢还难受！况且我的性情，不愿做事务上的工作，自问毫无成绩，若长此以往，于人于己，都无裨益，不如痛快辞去职务。记得那一学期终了时，我对同学们公开一次演说：

> 原来想对诚心求学的同学谋学术的进益，所以暂时牺牲自身的研究来办教务，可是我理想中的设施，因为种种关系，不能实现，误己事小，害人事大，我决计不干，决计不干。

当学期末了时候，我已经预备赴欧洲继续研究，去欧洲唯一的愿望，就是想再用技术上的苦功，并不想做镀金画家！"技巧未练达的画家,若说到欧洲去一次便成为大师,那末,一只狗,到西洋去一趟,便可变成麒麟咧!"这是奇谈,也就是名言。为了理想的艺术教育不能实现起见,我认为应当有变换环境的必要,十七年(1928)"双十节"后,便和君立同赴欧洲研究绘画。

到欧洲后,我们只抱着埋头用功主义,有了前述技术上的经验,并不会盲从。只有节省时间,在探索上下切实的工夫。欧洲现代画家的技求,并不是没有来历,所谓创造,必须有前人技术的引诱,才有后人的兴起。我绝不敢自称天才,尤其是教养未深的国人——我不能例外——哪里便会创造出东西来。因此我留欧两年余的光阴,大半用在卢浮美术馆中的临摹画上。有几位自作聪明的画家,曾经也批评过我,据说:"临摹有什么道理?并且毫无价值,至多也不过匠人的工作。"诚然,我也承认没有道理,毫无价值,匠人工作,但,比较模糊影响,抄袭塞尚、马蒂斯、德加、于特里约那班画家的表面,专示低趣味的技巧,老实还是我来得痛快一点。根本自己没有素描的教养,实在还辨别不出古来技术变迁的途径。明白地说:临摹是客观的描写,何敢逞能,但是为深究历来油画上技术的过程,也不一定便是笨人所为。或者真学问,须从这种笨工夫中求得到吧。

爱迪生说:"天才是九十九分汗下,一分神来。"吃几天面包,画几笔浮浅的速写,便会成功天才画家,恐怕没这回事吧?

我到欧洲有一半时间,用在看画上面,巴黎大小展览会,除了夏日较少外,几乎随时都有。看画时,我都用笔记,记我直觉,看不懂的绘画,我决不假充内行,老实说:未来派绘画,我到现在还没懂,除非去读他们的理论。

至于留欧期中我自己的绘画,并不因临摹古画而改变面目。在各国旅行时候的作品,因为时间匆促,反不及在国内有把握。旅行期间,所取画材,大半是建筑物,画失败的很多。虽然,异国情调,另有一种感兴,但技术不练达,决不会使你满意,当做旅行期的纪念品则可,冒充杰作,只能欺骗外行。我不敢说在欧洲研究艺术的我国人,都同我的情形一样,其中也有埋头用切实工夫的青年。不过研究艺术的人,越是技巧进步,越会觉着自身的不满足;越是什么不用深刻工夫的人,越是假装万能。艺术家眼高手低,成了一定不移的道理。知道手低眼高去下研究,至少有相当的收获。手既低,眼亦不高,便无救药。手低眼又低而假作聪明,那便是狂妄之流!

艺术遍地的欧洲,使我流连忘返,不巧遇着金价腾贵时期,原来计划至少三年的费用,又要各国去旅行,欧洲旅行的费用,较平时加上几倍,既到欧洲目的在多见广闻,所以将平时住在巴黎省俭下来的费用,到各处去旅行。欧洲大陆,凡各国有艺术收藏的都城,殆已走遍,我们所遗憾的,就是西班牙京城马德里没有去。

在欧洲的时间,虽然不甚久,但这两年多的研究,又使我更对艺术研究上抱了个决心。真正的技术工夫,还是要在自身不绝地研钻。那时我同君立计划,回国以后,还须加工研究,不过这个主张,到现在仍未实现。

我在巴黎时期,君立除了到美术学校上课之外,下午也到卢浮美术馆摹写。君立并不想将来做名画家,但她对我用功的督促,确是结婚后的十年中,时时勉励。尤其在欧洲,只要我一幅画完成时候,不论好坏,比我自身要兴高采烈,记得巴黎有许多临画工作,都是她的催促而成。两年内我摹写的古画,大小共有三十二幅,大的一幅,先后化了四个月工夫,平常的小画,也要两周。我并没有进学校,卢浮美术馆与研究所,除旅行时间外,每日我必到的地方。

十七年(1928)秋季去法国,到十九年(1930)深秋动身回国。去时海船,归来经西伯利亚先到奉天(沈阳),在奉天打听津浦路不通,遂由大连乘船到上海。未回以前,我们并没奢望,反正画家做不了官,发不了财,但求以艺术得到极小限度生活费的酬报,便得心满意足。

十九年(1930)12月假上海中社开过一个旅欧作品展览会,将我们的摹写画与习作三百余幅，都陈列出来，想留心我们的亲友们，还记忆得起！

我从欧洲回到了上海之后，很想在上海办一美术陈列馆。同许多人谈起，都因为经费问题，我也想到国事纷乱的国内，尤其把这种文化事业看得极其平淡。当时目的，这在从小而大。我就将计划和李石曾先生商谈，凑巧，李先生主办的世界社，在福熙路原来社址外边要建筑一所演讲厅，图样已经确定，因为要挂画的关系，重新设计近于欧洲画堂的格式，取光从上而下，旁边不用长窗，这是两方凑合，不是专造陈列室而适合于陈列室之用。建筑落成之后，照前约将我们临摹欧洲名画都陈列在内，这里面现在所挂的摹写画，除我与君立的临画之外，还有留欧画家杨秀涛、周碧初、吴恒勤诸君的作品。这也算不了美术馆，不过我们的画，有一个暂时陈列的场所罢了。

民国二十年（1931），徐朗西先生从汉口回沪，我未出国以前，徐先生也就辞去美专校长，当时就有约，等我归国后，仍须另组艺术集团。那时俞寄凡先生同我商议整顿新华艺专，初步回国时候，并不再想在教育事业发展，后来经徐先生允任校长，我便决然加入。但当时我就有几个条件对新华同人申明：

一、为提倡艺术与艺术教育而办学校，务须尽力集合国内人才。

二、学校经费，必须独立，公私分清，校务绝对公开。

三、教育事业，不是营商，无论如何艰苦，必须耐守。

蒙新华同仁不弃，对我申明，皆愿遵守。又得徐先生的同意，经费由他筹划。遂于同年2月1日与徐先生加入新华艺专。

自任教务以来，虽无特殊成绩，但不论大小计划，皆与同仁商酌而行，莫不以谨慎从事。经过了上海"一·二八"事件，虽在积极方面略受挫折，但同心协力的精神，还是存在。

我深知国内办私立学校的，内容充实，规模宏大的固然不少，但借以图名谋利的，也指不胜指。我助理新华一部分职务，虽没有完全达到理想上的规模，但有一点，得新华同事们的同意，我以为对教员必须尊重。教员是人格的职业，万不能当做雇用的伙计去对付，况且私立学校，经费究竟不易筹措，教员的待遇，不能达到至高的标准，所以能维系者，完全是同事们同心做去。原来尽多少义务，应得多少酬报，酬报既不能达到标准程度，再要用手段对待教员，那便是办私立学校者顶大的错误！新华两年来各种经济及重大校务，皆秉承校长办理。经济公开以后，一切向前扩充诸事均按照商定的计划渐次锐进。学生学业，务须认真负责，学生人数，宁少莫滥，这便是同仁苦心维护新华的主旨！我们既认清新华是一个社会团体事业，绝不以私人的憎爱而舍取，即使办有成绩，是大家的力量。"成不居功，败不灰心。"也就是同人的主张。至于我个人，更不在办一个学校当做终身事业，不过既受同仁付托之重，想勉力维持到基础稳固时期。

"艺不惊人死不休"，事业看得轻，对于平生爱好的艺术，我素来不肯让人。我早就申明：学校一切事务，只要有诚意爱护团体的人，我们都诚意欢迎加入，到相当时期，决然隐退，以让贤路，这是我和校长徐朗西早有声明的。

我自从助理学校事业以来，已经牺牲自身的研究，但我时时警惕，每日必须用功。从欧洲归国后，重新研究国画。我早就有主张：要国画有进境，非研究西画不可，用西画上技巧的教养参加到国画，至少可见到技术的纯熟。原来绘画，并不分中西，中西绘画除材料上不同外，思想与表显，还是相同。我并不想冒充万能，标榜中西绘画都能，也不是投机想卖中国画。不过我的学习国画，在民国以前，已经开始，因为中途临摹，才觉得不彻底，所以对洋画，便加上一番工夫，此番从欧洲归国后，再研究国画，就想把洋画上的教养使用到国画上去！

我素来不赞同所谓"折衷派绘画"，拿摄影术的技巧用在材料简单的中国画上，根本是误解。国画的精髓，是在简单明了借用物体来表出内心，同时便包含许多哲理，不是粗浅的技巧主义者所能了然。我正在尝试时期，未敢公然将未成熟的国画见诸人面，或者从技术的求索而得到一些结果，那便是我自身的安慰。

粗浅浮薄者流，杜造名目，眩奇立异，这能瞒几个外行。艺术的表现，真伪最易辨别，瞒得过外行，瞒不过识者，冒充一时，留不到永久，这条是死路，我常常警戒自己，同时也勉励青年。

今年我四十岁，最近将到我的生辰，亲友们皆以纪念品相赠，至为不安。反顾我求学以来，都无成就，所以不拘俗套，谨将礼物一概璧谢，同时将我研究学术的经过写成这篇《四十自述》，希望留心我的亲友们，时赐箴规，不胜荣幸。

原载 1933 年 10 月 1 日《文艺茶话》第二卷三期

艺术家与社交

　　艺术家的感受，要有强烈的刺激，不可有普遍的驯染性。喜欢旅行的画家，无非是要得着那些自然界清新的刺激。一个风景画家，常久住在乡间，他对于自然的刺激，也许渐渐薄弱。但是住在那烦杂尘嚣的都会，少看见天然界的画家，一到了山水好的地方，必定受着爽快的刺激。依着作者的性质和境遇上说来，与其有平静不变的顺境，宁可有感情强烈常动的逆境。顺境，在艺术家身上，并不是好的状态。真有天才的艺术家，往往在不知不觉中造成自身不顺的境遇。我们从这种地方着想，艺术家对于社会的交际，是没有重要可言。艺术家职分的要素是制作，但是美术品的制作，不是像平常职人做的东西一样。因为艺术的制作，要有制作的生命，所以作者都把一生的精力牺牲在制作上去的。有时也许和社交接触，但是同政治家或商人等的社交完全不同。

　　我们常常为一桩事情的缠绕，总感觉到制作时间不足的苦楚，所以想到人情上的往来，虽然在人事上不能免除，但是像中国那些婚、丧、贺、祭、送迎，酬应的社会上复杂的习惯，我们总觉得是不能相容。要是跟着了去混闹，于时间上太不经济，于自己制作上，有害的多，有利的少。

依自己制作做本位的作家，对于人事少不得有些回避，有种精力过人的作家，或者能够社交与制作两方兼顾，这也不过少数罢了。严格地说一句，社交过热的作家，结果是艺术堕落……讲到普通一样的作者，除了自身制作上像火焰的热情表显之外，对于社会的义务上，当然是很懈怠的。照上面所说，在一般热心世俗人的眼光里，他们一定要说是偏屈、奇怪，其实在诚实热烈研究的作家身上，并没有所谓偏、奇，这种态度，无非为作者自身艺术的要求。

英国画家透纳就是这偏屈的大将，如果从社交的本位来看透纳，简直是个奇人，但是他一生留下来的制作，共有二万一千幅，在美术史上是空前绝后的一回事，再从他这样多的制作上看来，我们还不得不由他偏屈地方来感谢着呢！荷兰画家伦勃朗，是个终身蛰居的画家，他的遗作六百五十幅。英国画家庚斯博罗有遗作一千幅。上述几个画家，看他们一生的传述上，都是疏于社交，把一生的精力倾力于制作上的。美术史上只有普鲁士画家鲁本斯的情形不同，他当时身奉宫廷官职，东奔西走之中，留下了二千幅制作，但是这样精力无比的画家，在普通人们绝对做不到的。

制作是艺术家的本务，艺术家人格的表现，也在制作上看出来，但是要成功切实制作的艺术家，要有三种完备的东西，就是精力、经济、时间。在现在中国枯干艺术界里，要这三种同时具备的研究者，恐怕很少。有精力，没有经济或时间，有经济，或者没有精力；有时间，或者没有经济……我们为经济和时间还可以从各个人的境遇上去调剂的。在那三种上面最难得的是精力，要是没有强健的精力，要想研究艺术，却是个极大的阻碍呢！精力是维持躯干久长的重要元素，如果精力缺乏，制作的时间就要减少，譬如一个有肺病的人去研究艺术，那不过在躯干保存的有数短促期间内为他的研究，纵令思想灵敏，因为肉体容易破坏，总不能使他达到美满的境域。我们看到中西古代和现代的艺术家，成功一代有生命的制作，都是有长的寿命，适或有少数短命作家，在他们的留下的制作上研究，最优的不过使他得到一部分的成功罢了。然而寿命的短长，虽不是可以预测，但是照生理学家讲，一个人至少可活八十岁以上，至于中途的屈死，全是养生的适宜与不适宜的关系。艺术是抒发情绪的东西，研究艺术的人，自发上就有陶冶性情的地方，当然和别的东西不同，没有像军阀的野心，也没有像政治家的希图，一生是离不了诚实的表现。

中国人向来轻视艺术，以前一种自卑的艺术家，自己口里还说着什么"雕虫小技"的话，实在因为作者紧紧的与社交分离不开的缘故。今后的作者，能够精力、经济、时间，不受着十分的压迫，竟可从减少而废去社交。专为制作上去牺牲罢。

我屡次在旅行写生的时期中，一方面果然多少有些刺激的感受，但是一方面总觉得有许多地方被束缚的苦痛。我是对于社交认为极无意识的一人，所以把我要说的话，大概写了出来，不晓得读者和同志们，有同一的感想没有？

原载 1922 年 7 月 31 日《时事新报》

画家的头脑

　　一幅制作离开手的时候，把那幅制作的各部分静心去下一番观察，是画家必要的事，作画时候，固然要四方观察，但是在完成时候，自己更须冷静深密地观察，能够自己观察自己的画面，可以解决作画上乃至艺术上种种的问题，这也是作家锻炼头脑很好的一回事。

　　绘画的技巧，虽要用着两只手，但是大部分还要从思想上出来的。古今中外名为真正艺术的绘画，并不是单靠着两只手成功的，可以说都是由各作家的思想而来。思想怎样丰富，艺术便怎样充实，思想堕落，艺术便不能成功。换一方面说，纯粹艺术，是头脑描写出来的，画家有深远的头脑，才能产生有力的绘画，所以大艺术品，都是由作家深远的头脑中表现出来的。

　　简单的头脑，绝不会有大艺术品的产生，有的作家，单在手上发达技巧，虽然也能够作成美丽的绘画，但是他们不会运用头脑，很容易停止在纤微薄弱的工作之下。反过来说，技巧没有熟练的人，要是会运用头脑，也能够制作，这种作品，从技巧方面看来，虽有缺点，可是从趣味方面观察，往往比技巧熟练的人倒来得丰富。所以纯艺术品，不是产生在单发达两只手而不会运用头脑的作家身上。

艺术不单能表出作者的性情,且能表出作者的心象。胸度宽阔的人的画面常显出他的伟大,器量狭小的人的画面常显出他的滞涩,快活人的画面常见明亮,忧郁人的画面常见暗冷。这是接近作家作品时候,很容易使我们明白认识的,要是常常看见一个作家的作品,更容易明白这类特点。

绘画除了个人的性格描写之外,便没有其他的方法,要是自己的性格写不出,就是不去顺从自己的性格,埋没了自己的性格去附属于他人的作品之下,是勉强的事,始终随着自己的性格去制作,不满足的地方,自然会渐渐减去乃至消除。

在艺术上,有时起了变化,都要从一个目标上一致的,变态的艺术,要在猛进的途上才能得到绘画上,尽讲究一例的形式,那不过是机械式的制作物罢了。

没有头脑的作者,就是在非凡的物象中,只会捕捉一些平凡的东西。有头脑的作者,在平凡的物象中,也会发现非凡的东西,所以表现力的多寡,随处都能影响着的。

自然持有无限量的"力",但是作家的力,是有限的,所以作家只能依着个人"力"的多寡来支配,有几分力,一定要显示几分。这是在制作时不能做作,也不能隐藏的。如果没有作家自身"力"的表现,就不能显示自然界伟大的力,要是作家自身"力"的表现,渐渐扩张而达到充分时候,不但能显示自然界同样的伟力,而且还能超于自然。

大作家吸取自然强烈的感激,能扩张他的生力,同时更觉得自己大了;小作家吸取自然强烈的感激,反使他萎缩,自己更觉得小了。另一方面讲:小作家,对于"平凡"的力很能够扩大,大作家却一些都感动不着,所以大作家只会渐渐大,小作家只会渐渐小。

原载 1924 年 1 月 16 日《时事新报》

主观的艺术

艺术原来是作家自身技术和情感的产物。技艺精，情感深，其作品愈见到个性的表现。要是失却自身的内心，专依流派之下跟着缓进，那不过造成几件贫弱而通常的艺术品罢了。

依情感、技术、思想来制作艺术，常有不息的变化。这种变化，须从纯洁健全的内心而起，凡是具有这样思想的艺人，最厌恶因袭和传统的艺术。但是在创作的生活中，须经过沉闷和困难的研钻，这种努力的地方，除作家自己感得之外，旁人不易感知的。我觉得从这种困难中的研钻，是入创作之门必要的过程。没有经过沉闷而反复的研钻，不但不能入创作之门，就是艺术的素质，也不会认识明白。

如上所述：艺术即是自由发挥个性的东西。吾人常运用自己的头脑，觉察自身的情味，大胆地把自己的内心向外表出。然而主观强烈的艺术，往往容易引起客观的误解，这因为观者不能领会作者内部程度的缘故。创造的艺术，在观者方面的评判，必须要依作家的思想和情感上着力，这也是作家对于观者方面至当的要求。

但是在微妙的人情观察上，作家还希望观者要体贴他的性情及审究他周围的状态，同时还要表作家私情所爱的同情。如果单凭观者自身的经验和知识去评判，不想到这样同情的途径，凭着以己之心度人之心的见地来作判断，那绝对得不着作家艺术的情味。

艺术是作家的符号，换句说：就是作家把自己的主观介绍到现实上去，但这个符号，是情感不是理智，也不是预先晓得的东西，确是直观感觉的东西。

看一幅画，如果不辨形式，不感色调，不明构图等等，而仅依抽象的理想、伦理的思索，以及写生的事实上去探究，到底不会知道这绘画在美术制作的情味。绘画不是文学，不是哲学，也不是算学，更不是像实用的器具。简括地答：是为绘画而绘画。这全是心灵的表现。不是用旁的物事来作衬托的。所以一个纯粹的作家，都要依自己的主观在充实的创作上努力进行！

然则绘画的深味，现在有许多人却不是这样着想，他们以为绘画是画家思考表现，好像只有用形态与色彩来代替一种文字的描写。照这样说来，表面似乎有些相像，其实对于绘画在美术的根本上并没有彻底。

今日的洋画，可分两方面来观察。一种有意味可以说明的，还有一种，全然把意味分离，单从形状、色彩、构图、笔触等等来领会的。前者的观察方法，都从画题的意味上着点。后者的观察方法，都从内心的情感上着力。一种是象形，一种是超形，象形的绘画，稍具绘画常识的人们，便能领会，超形的绘画，不是常人容易明了的。

现在欧洲向时代进展的作家，都依直接的感兴去探究自然。在自然中并不专寻题目。他们的画题，都是作成之后，为出品的便利，随意定个画题，并不是像以前的绘画，要先定画题，然后作画。以前盛行的历史画、肖像画、风俗画、寓意画等等，在现代的画家确不是十分注重。就是肖像画，现在的画家，竟有用主观的作风。但用主观的肖像画，最易使人误解，然而他们倾向于直观的描写，已有了健全的可能。看到现代画家所着眼的地方，就是从广阔的意义上观察技巧，从快感的团块上看出美感。画上所看到的，是构图，轮廓和明暗的色调，都是依着直截的感觉去描写的。没有什么伦理、哲学、物事、时间、数目等等的拘束。沉醉似地感觉到一时的愉快，充满到画面上去，便是他们确信的主张。

在画派横流和画论分歧的现代，吾人只有向着自己的艺术上前进！只要努力地接近自身认定的目标，便是唯一目的。艺术的创造，全在自己生命的努力，追到了一个深玄的境界，便是艺术家伟大的光辉。

原载 1935 年 7 月 23 日《民报》

艺术与赏鉴

　　艺术的赏鉴，不是容易的事。看一幅绘画时候，如果单依表面上看来，也许用简单的几句话可以论断，但是要了解艺术内容的深味，那就不是容易的事了。按现在国内普通的鉴赏者来讲，莫说一般没有受过教育的人们眼光低极，就是受过充分教育的人，缺乏赏鉴绘画能力的也很多，这是有两种原因。第一种：学校里从前不注重艺术教育。第二种：在社会上对于艺术，少有接触。因为学校里不注重艺术教育和在社会上又与艺术品少有接触，结果，一般人对艺术，好像与他们没有什么关系。

　　不去亲密地接触，难怪一般人对于艺术误解，因为误解，很容易错认艺术的真价。本来艺术应该依艺术的本身去观察，然而在鉴赏程度幼稚的我国人，往往没有精确的辨别和判断。一幅作品，只要有点名气的人，就是涂上几个乌煤团儿，也会当宝贝似的去看待。反过来说，要是没有名的人，纵令他的作品怎样好，往往受那班只会听而不会看的鉴赏家白眼相加，这固然带着"迷信"的色彩，但归根而论，还是一般人缺乏鉴赏艺术的能力。

要提高一般人鉴赏艺术品——绘画——的能力,常常举行展览会,固然也很重要,但是一方面,还要切身研究艺术的人来解释给一般人听!在目下中国未普遍艺术的社会里,确是必要的一回事。

绘画的深味,今日多数人所着想的,以为是画家思考的表现,好像用形状与色彩来代替一种文字的描写,照这样说,表面上似乎适当,其实对于绘画在美术的根本上并没有彻底。绘画不是文学,不是哲学,也不是像算学上的代数,全凭作家自身感得的一个世界里进行的。所以赏鉴现代绘画的人们,如果不辨形式,不感色调,不喜构图,单凭自己的经验和习惯去看作家的画面,到底不能领会绘画在美术上制作的情味。照上面所述,鉴赏现代绘画的人们,不得不明白现代绘画中的要素。

现代欧洲绘画的大体,须分两方面来观察。

第一种:大部分的作家,仍旧继承古来因袭的画风,专讲究画画上意义的说明,作者观察的方法,从画题的意味上着力,这种绘画,不论美感薄弱或看画知识缺乏的人,只要略有常识,都能够看得懂。再从这方面的批评上讲来,也是很浅薄的。譬如战争画,军人很看得懂。肖像画,给被画的亲友见了,都能够批评那画像与不像。青菜萝卜的静物画,要是给卖小菜的人见了,他的判别要比平常人精密。然而这类浮在画面上容易看得见的说明,并不是艺术批评家要说的地方,偏重于说明画题的画,在专门家看起来,不过叫它"插画"罢了。照这类的画,他制作存在的理由,也不过描写题目的意义而已。在美的深味上,一些都不会顾到的。其他如历史画、风俗画、寓意画等等,都属于这个统系。总而言之:这类绘画,全依技术的巧拙,来判断作品的优劣,并不是作家自由情感的表现。

近来有许多画家和议论家,对于这一类画都很轻视,且论它不是美术。但是一方面还是很多倾向于这类说明画题的人。

第二种:作画的要素,是依直接的感兴去探究自然,在自然中,探究时候,单凭形状、色彩、构图、笔触上领会的,没有什么画题,所以现在近于美术品的制作，大部分的画题，都是一幅画作完以后，为便利起见，随意定了个画题，并不是先有画题，然后作画。现代新进的作家，大半都倾向于这一方面。讲到他们观察的方法，对于绘画主眼地方，认为无意义的。他们从广阔的意义上观察技巧，又从快感的团块上看出美感，制作方面看到的构图、轮廓、明暗的色调等等……全然用直截爽快的感觉去描写，没有什么议论、伦理、哲学、物事、时间、数目等等的拘束；单像沉醉那样感觉到一时的愉快，充满到画面上去。批评方面重要点，也是尊重这种要素。

上述两种制作艺术品的要素和批评者的根据，我们应该明白：前者是重画题的说明，是束缚的。后者是重情感的，是自由的。因此，我觉得鉴赏艺术品的人们，要是没有经尝艺术的滋味，就很容易误会了。

误会的鉴赏家，莫说中国很多，就是西洋也不少。认不出艺术与时代的关系，就不能称真的鉴赏家。委实讲，普通所称的赏鉴家，只会拿经验来做个比较，绝不会晓得作家探究深渊的艺术是怎么一回事。既不能量作家的深浅，哪里会表同情于作家呢？所以我觉得要增高人们鉴赏艺术的能力，根本上还是要普及艺术教育。

原载 1923 年 10 月 14 日《时事新报》

艺术上的情感和技巧

　　凡是优良的艺术，不仅服从自然，确是要超越自然。作品的力，要是比自然减少了，作家的生活便没有意义。伟大的艺术家，要有征服自然的能力，所以成功伟大的艺术品，都有自然以上的力。没有作家生活力表现的作品，绝不能超越自然。但是现在中国的作家，偏于技巧主义的人太多，他们把技巧当做无上的权威，好像作画的人除了技巧之外，便不必向自然界去交涉。我觉得拿技巧做主观的人，不免容易误认艺术的真谛。

　　情感是产生艺术的要素，这句话，谁都该承认。既然情感是产生艺术的要素，那末，技巧只能说是传达情感的媒介物，绝不能把技巧就当作艺术无上的权威。倘有人问："没有技巧的锻炼，哪会有情感的传达？"我就反问："没有情感的涌溢，哪会有艺术的产生？"倘然仅固守着微细部分，追随在人家的形式后面而不向自然界去交涉，绝不能与自身情感相融洽，既不能融洽感情，只能迷离于表面的技巧上。迷于技巧而错认技巧为主要的人，他内部的精神就会分离。这种与精神不投合的技巧，绝不能成功伟大的艺术品，至于创作，更无由说起。

讲到国内现在迷离技巧的人,更为可怜,他们竟会错认因袭做技巧的手段,不是专拿人家表面的形式来做自己的铺设,就是描头画角当自己无敌的技巧。我倒还要问一句:"这种因袭虚伪的技巧,怎能传达作家自己的感情?"

一块象牙上,先凿成圆形,再从圆形中,雕出许多的小圆形,每个圆形里面,又雕出很多纤微的花卉、果品、人物等等,这种技巧,不可说不精,但要晓得:这并不是从情感上产生的艺术品,只可称为"技巧主义"的工艺品,纯粹的艺术品与工艺的艺术品,不能混在一块儿来讲,艺术品是赋予作家的生命,工艺品,大半由理智而成。现在市上有许多作物,仅献媚平凡势力之下的客观欢迎,于是就像机器上印刷似的不绝地制造出来。要晓得那种平凡的绘画与"技巧主义"的工艺品,实在是无二无别。

要艺术的改造,先要改造作家自身的生活,作家的生活有了变化,艺术亦由此而变化,如果在没变化的生活中无意味地固守着,作品上仍旧带着虚伪或因袭的气味。

我觉得要改造艺术的生活,第一,还是要与自然界交涉,固然自然是持有无限量的"力",但是作家生力的扩充,也是无限量的,要是不去自然界深深地交涉,不但不能显示自然界伟大的力,而且作家自身的力,便为消沉。

虽然,在初和自然交涉时候,作家的力各有些深浅的不同,然而不能不依着个人"力"的多寡来支配。作家有几分力,一定要显出几分,这是在制作中不能做作,也不能隐藏的,但是久而久之,作家的力就会层层推出……乃至于无量。

大作家吸取自然强烈的感激,能扩张他的生力,同时更觉得自己大了,这可以说,由接近自然而超于自然!但是感激自然,先要去认识自然,认识自然要肯去观察,也要会去观察。粗心固然观察不出,不能说仔细便观察得出,笨伯固然观察不出,有时弄聪明越发观察不出。观察的条件上,第一椿,要对于自然有十分的兴趣,用全副精神倾注到自然上,同时映于眼膜,铭于心中,再把自己极纯洁的心灵一致起来,才能得着自然的真感激。

强烈的画面,是要感情热烈的作家去求的,也只能感情热烈的作家表现得出,没有热情的作家,绝不能作热烈的画面,感情热烈的画家,摄取自然时候,先把对象的物体一直深入到内部,霎时间和作家自己的生命合并为一。这种境界,含有神秘性,不是理智所能左右的东西。

各人的面目,各自不同,艺术亦各有个面目,绝不会强同的。模仿的艺术,形式上固然容易相像,但内容绝不为同。甲画家所受的韵律,乙画家也照了去追求,是无理勉强的事。塞尚画面上发现的"面",后来有许多作家也跟着了学他,但塞尚所以发现的"面",是他经过许多工夫的修养而来,但一般作家拿塞尚所发现的艺术,只要学得像一些,以为满足,这就很容易失去作品的韵律,作品的韵津,是依据人格而来,如果专学人家的规步,踏人家走过的脚印,自己的人格尚要消失。人家作品的表面,虽令学像了,还是画面形式上共通的目的。画面内部的韵律,是由作者所有的范围内进出来的。譬如甲乙二画家互相模仿,一定要把自己的抛弃,另做种虚伪的艺术手段,方能甲像乙,乙像甲,可是这种模仿手段,诚实的艺术家绝不愿做的。

原载 1923 年 11 月 4 日《时事新报》

艺术品与艺术家的个性

一张制作离开了画家的手，就有一张画的生命，不论制作风景或人物等，只要有适当的注意力倾注在画幅上，就是经过几百年，也不至于消灭。但是这种生命久长的作品，都是要从自然和作家心灵融和着来表现，并且都要依作家的人格来做标准的。

凡是一幅作品留在世界上，就要受着许多的评判。主观虽然很强烈，客观往往摒弃。有时候，就是作家自己，也像小孩子弄玩具似的，忽而厌恶，忽而喜欢，有时很得意地拿到展览会里去陈列，结果无人过问，仍旧归到自己的手里。有时候将一幅作品，挂在自己的画室中看惯了，常常生出厌心。这种事情，不论哪位作家，都是不能免的。但是一幅画，在数年之中，绝不能够判断真正的价值。有时虽然在展览会中假定一种代价被爱画的人买去，这不是真的价值，所以批评艺术中的绘画，绝不能说，那幅画已经成功，这幅画没有成功，最少要经过十年二十年，才得有个共同的批判。

再讲画幅的生命问题，也许有的作品，比作家的生命还要短一点儿吧！现在有一辈自命为艺术家的，还不知他自己早已把个性牺牲掉，投降在金钱势力的下面,情情愿愿服服帖帖地听人家的指挥,受庸众的暗示,他们反而自鸣得意,以为自己差不多是成功了,可是他们那种一时流行于市上的作品,漫讲有画幅的生命,就是有,也不会永久存在。要发展自己有人格光辉的艺术,同时要顾到画幅的生命永久,绝不是为金钱报酬可以使役的。然而现在我国一辈艺术家,难免不掀动金钱的势力,但是顾到金钱的酬报去研究艺术,便不能说完全是自然的冲动,艺术上带着被动的色彩,哪里配谈个性。

要知纯真的艺术,完全要按自己的个性做标准的。虽然研究时代,或按古大家的作品研究,或依先辈的指导,但是画风与技术上讲来,不必一定要拿前人的规矩来做模范。譬如色彩方面,依着自然来做我们描写的对象,再把那色彩的度合去用绵密的思考,就是我们应持的方针。如果任意依着前人的规矩,那么,他的脑筋中只有人家,没有自己,不但自然的万象不能接近,就是作家的个性,也要消沉。

作画时候,过于描头画角地修饰,就不能引起感兴。有时候一张画表现上虽然不差而画题的选择极少趣味,或者画题虽好而描写上反少兴味,像这类的作品,都不是从内心而出,如果真从内心拼出来的表显,必定能够全力倾注在画幅上的。所以画家的个性,并不是仅指表面而说,完全深入于内部的。

所谓个性的表显,如果拿人的方面来说,恰似高尚的天性动作。人们高尚的天性,不仅在服装优劣上去判定的,第一要拿人格做标准,作画亦复如此,所以一幅画单论形式和表面,绝不会得到"美"的内奥,总要将那伟大气魄的暗示,映照到画面上去。

我们研究洋画的人,近来最时髦的,开口就讲画的派别。洋画当中虽然有种种流派,但不能说哪一种派就可来做我们作画的标准。大家要想想:绘画是先有某种画的发现,然后有派的定名,并不是先有了派然后去作画的。我敢固执着说:能够称为杰作,他们表显种种要素,都是接近自然而来,绝对不是受派的支配。要是硬去趋鹜某派,结果必成为某派的牺牲者，那种艺术，当然是种很平凡的东西。

现在谈艺术的人都晓得发展个性，但是这个性，也并不是技巧上有些不同便算做个性，实在是指人格上的差别而说。所以艺术里的个性，还是要归结在人格上。因为人格的差别，所以技术一方面也各个人不同。我全篇所述的个性也就是人格！

原载 1923 年 3 月 26 日《时事新报》

艺术批评论

艺术批评家，在今日这沉寂的艺术界里，当然是渴望极了。有了美术展览会而没有切实的批评家，总觉宣传的力量还小。要使群众对于艺术鉴赏的程度提高，总觉得这种工作更加紧要。本来这批评的责任，希望对于造型艺术有切实理解的人来做，然而像我们所渴望的批评家，在国内便很少。现在我们所看到的批评家，大都对于作品毫无得到快感，毫不感动，他们只为体会到豪语时候的愉快，近来所谓幽默，更觉不着边际。

历届开什么展览会，在新闻纸上，虽然也有许多批评，不过我认为那些单用几个固有的浮浅名词，只可称为消息的传达，不管是好评和恶评，总要把作家的内容体验一下，要批评一幅画或一个雕刻的时候，至少要明白那作者的内容，否则只会利用几个形容词，绝不会有体贴的批评。

批评本来也是一种创作，优良的批评家，常常从高调的鉴赏力上辟去自己偏狭的见解，从作家的作品上，创作论文，这都是要从他严正的态度和彻底的观照而来。凡是读过西洋批评艺术的文章，谁也不能否认在文艺上有价值。从前有许多造型艺术的评论,实在是很有深味的美文。

然而一顾国内艺坛,有许多的所谓批评家都是艺术制作家。画家批评画面,很容易显露"艺人相轻"的弊病,强人与己相同,如不同己意者,便在排斥之列,照这种的批评家,我以为还是自己去下深沉的工夫为妙,免得损坏自己制作的态度,所以一个纯正的制作家,绝不肯做那种饶舌的批评,然而一方面又不得不希望有理解力的艺术批评家来批评我们。

鉴赏艺术的深浅,是观者感觉作品后一种"量"的比例:感觉不及的部分,绝不会了解作家的内容。就是说:作家去观作家的作品,他的鉴赏和理解力,比较一般素人虽然要强一点。然而作品上尊重的个性,都有区别。甲作家内心生命的要求与乙作家的内容,绝不会相同。凡是在深沉的态度上去追求真艺术的作者,可说各人有个世界,要想得第三者共鸣的理解,便很困难,就是甲乙常常在一处的作家来互相批评,也不能相投一致。你说怎样,他说那样;你说是方,他说是长,结果,往往成为一种无意味的滑稽争执。所以一个画家同时要做批评家,须有二重人格,何谓二重人格? 就是顾自己的人格又要顾他人的人格,方能创出不加偏见的批评。

进而言之:作者内部的生命上,都具有个性的情调,把那种情调特别提高时候,就成为他强大的特色,所以常常因自己作品的嗜好而陷于偏狭的见解,譬如作家爱用暖色,就要排斥冷色;爱用色彩,就要排斥线条;爱用精细,就要排斥粗大。这都是作家对于批评一般艺术不能适当的一个主要原因!

既如前述:作者的个性与批评者的个性,完全不会相同。倘然作者要做批评,不能偏重主观,如果单依自己偏狭的见解,不免流弊于武断,一个纯正的作家,不愿批评人家,就在于此。

因袭的艺术,比较创作艺术,容易批评,因为因袭的艺术,只要寻出他的祖宗,由祖宗的画风来比较优劣,说几句什么颇有某人遗意或酷似某人笔法……这种批评的口吻,用在单是模仿表面的图画上,倒还适当,不过在创作的艺术上,也照这样的调门去喝彩,似乎带了讥讽的意味。创作的艺术,最忌做古人的印刷版,然而有创意的艺术,如果批评者没有明了作家的内容,往往言之不确,这是一定之理。

批评家与制作家,没有同样感受艺术深味的时候,绝对不会有切当的批评,我们今文艺界里,正在希望对于艺术有深切而理解的批评家起来作严正的批评。

原载 1933 年 5 月 3 日《民报》

现代艺术的要素

——快感与技术

罗丹说:"艺术的本体上没有美的式样,没有美的素描,也没有美的色彩。唯一的美,要从作家的真性上流露出来的。"艺术家所感觉的不同,所表现的也不必相同,就是依近代欧洲画家的色彩而论,也各有不同的趣味,绝不是依着从前顽固的色彩论去做根据的。雷诺阿的艺术,完全由色彩引起观者的情绪,像雷氏那种如火焰狂烈的色彩,都由全部生命上表现出来的,假使单依了线和调子的凑合,或者依旁的影响所接受来的东西,那不是纯粹的艺术品。纯艺术品,全由内心情感的冲动,失了热烈情感的作用,便是浮薄的艺术品。

原来绘画上传达自身热烈的情感,不能不有健全的技术,锻炼技术时期,舍了自然界大气作用之外,恐怕得到的也微乎其微。技术与情感,艺术上是互相联络的,没有充实的技术,即有丰富的情感,也无从传达。反过来说有了技术,把情感沉殁了,就觉得"干燥无味"。世间有许多画家,虽有了技术,但是他们专求无意味的优雅,这不但容易生硬,而且对于自然的光和调子等等,便也容易消失。从接近自然而扩大自我表现的艺术家,确回避纤维的理论,在大空中自由自在地去研究敏锐的感觉。然而那些自然界清新腾涨的光彩,在一般保守前代传习画家的眼睛中,确也容易迷惑。

在 19 世纪科学全盛时代,印象派画家们依了科学方法,发现色彩颤动的法则,他们依七色光线的结合,发现白光再起的原理,在印象派最盛时期,有许多画家为求强烈色彩的效果,有用数种颜色并置在一起,构图时候,对于色彩容量的配置,也很讲求,可说极尽科学的效能。然而照那样的艺术,用今日眼光看来,不过是附属于物理学之下的艺术?这种艺术,我们当他是论理的说明,未尝不可。其实呢,现在科学的能力援助于艺术力量,实在很少。一个大科学家,无论他对于光的分解和色彩调和的配置怎样计算得精密,这不过尽他科学上分析的能力,绝不能当作艺术的创作。我觉得产生艺术品的作家,常常应用他自己的规律,这种规律,就是由健全的技术来传达他热烈的感情,往往在无法中创出有法,无意中创出有理。虽然在技术上也有应用理智的地方,但绝不是被理智来湮没他热烈的感情,自己的规律。

创出自己的规律,固然有借自然力量的必要,然而选择自然,不能盲从,第一椿,要依作家的情感而来。画家接近自然,确是有益的事,但是画家在大空中使用色彩的时候,还是要用他明快的感觉。东方古来的绘画,这明快感觉的表出,最为显著,现在欧洲绘画上的明快感,大概由东方艺术的影响而起。但是我们求这种明快感,绝不是仅从古人的画幅上去临摹的,临摹来的一些感觉,绝对没有价值,必须要从自然界去努力探求!

在自然界那些热烈阳光,含有极伟大的光辉,阳光中的雾围气,尤其神秘,依着零氛气就生起种种反射的作用。研究反射的光彩,是近代画家最努力,就中以点描派诸作家的画幅上,最明白显出这光辉的地方。

近二三十年以来,欧洲画坛上,更有一种新的进展,他们把以前自然主义的要素，都归结在表现感情的状态上，力倡尊重自我，排斥物体的写实与严正。最近表现派绘画，就是这个主张。然而表现派的绘画，并不是绝对脱离过去的艺术，他是在从前艺术的继起上努力的。还有一层：表现派的绘画，也不是很大，随各作家自由发展，随各作家自创规律，但是这里面有严格的条件，条件是：先要有充实的技术，然后能自由发展，先要有丰富的感情，然后能自创规律，这是现代绘画上重要之点。

原载 1924 年 12 月 7 日《时事新报》

艺术上的稚拙感

——在上海美专自由讲座讲演稿

优良的画上，大概有种艺术的稚拙感觉。这种稚拙感，一眼看上去，好像画幅上没有完工，又像作家没有全力倾注的样子，虽然一时看不惯，但往往含有不可思议的美。

在艺术上显出的稚拙感，大概可分做两种来说：一种是偶然生出来的。如中国的文人画，本来对于技巧不甚擅长，但是他感觉到一种形状——人物或山水——就信手地把他涂出来，讲到那种艺术固然稚拙，可是在稚拙当中，却含有趣味（但这种趣味是部分的）。还是一种，有深沉的内容和精确的技术，到两方极度时候，往往也能够生起艺术的稚拙感。

国画上所画鸟兽及其他动物的颜面，看上去好像没有画完成的很多。如八大山人、石涛、石溪、浙江诸作家的画面，尤其显出这种稚拙的感觉，不过拿他们的作品细细地观察起来，觉得他们在稚拙感的内部，确潜伏着美的神秘。

历来的国画上，尤以如上所述的文人画，更多这种露骨的表现。画面上的人物，不是驼背，就是矮子，山水和树木，仅用些曲线来表出，要是用西洋画的眼光看来，好像是种漫画式的速写，但是优良的国画上，往往那种人物的表情和山水状态的特点，历历可见。所以古人领会的那些地方，差不多就在稚拙感的艺术上面哩！

"大贤近于愚，刚毅朴实近于仁"这是我国古来国民性的一斑。愚的感觉就是拙的感觉，但是这拙的感觉，是由巧的方面转过来的，所以这个"愚"字，并不是平常的解说。愚中所含的美，是主观的美，所谓主观愚拙的感觉，在客观上，要是没有明了内容，既摸不着头脑，又不能表同情的。

近来对于儿童自由画，各国非常提倡，儿童固然缺乏写实的功夫，但从儿童幼稚的手法上那些天真烂漫的地方，往往有种稚拙感。在偶然间，时常显示一种装饰的美感。然而儿童的自由画，不过有种纯洁的趣味，并不是就可当艺术品来看待，因为儿童的趣味，是偶然间生出，讲到基础上是浅薄的，对于美感上是极低的，消极的，虽然有种趣味上的美感而并没有美意识的表现。儿童作画，只能线与线的交结，没有统一上的"心"力和意识力，就是美感上也缺少积极的力，所以在美感上尽有些微弱的东西。

我们拿一根绳子在手上扭弄，扭弄后投到桌子上去的时候，能够在一时间感觉到很好的曲线，这是偶然发现的。同样，在偶然间发现的美感，是消极的。

艺术作品，第一，要有确实美的认识。凡是表现时候，不论一笔一线，都是要有作家心力的表出。至于画面的全部，更须把紧密力表出，所以表现力强的作品，还能使观者统一。从这样看来，偶然趣味上的东西，总觉得缺少力的表现。不但小孩子的画如此，就是原始美术的情味上，也缺少紧密力。艺术最要紧最深域的，就是在作家心力的表出，心力不足，表现就欠缺或陷于贫弱。

现在再回述国画：国画固然在用笔和用墨上生起美感，不过是同上述原始美术差不多的一种稚拙的美感。这种稚拙感，我们自然承认在美术上很好的分子，但是从表现上看来，常常不能满足。譬如原始美术上那些简单的地方，确是显出素朴的风味，但艺术绝不是在简单的用笔和用墨之外，就没有别的吧？应该在用笔和用墨之外，还得要吸收其他美的分子。譬如笔力，并不是单讲究表面浮浅的格式，应该要有审美的内容，用墨不是求一些浓淡的墨晕，也应该要提出深切的美感；这就是稚拙感上审美的肯定。不惟国画如此，就是洋画上，也要有同样的认识。

塞尚原来的技术，都属于稚拙方面，但是他从手法上偶然感得的稚拙分子，都能适当地存留，再依着自身内心的审美力，认识到深渊的美的境域。他那些肯定确切的地方，就是他独得的途径，独有的伟大。塞尚静物上画歪形的壶，风景上画斜形的屋，并非艺术的拙劣，因为要保守他简单稚拙的趣味，然而在塞尚的稚拙感中，确还有艺术的生命围绕着呢？所以塞尚手法的稚拙，是从内部美力的肯定而来，并非有意做作的。但是一般人看到塞尚的画面，都有特殊的感觉。

晚近欧洲人的画面，显出稚拙感的很多。他们一方面是嫌恶文明，一方面是要从"现实"做表现的根据，所以把稚拙感的美，认为是很热烈很清新的铭感。

从深沉认识上面描出的稚拙感，并不是有意做作的，一定自己有了这种感觉，才能见到那种形状而描出那种形状。换一句说：是要依据作者的主观强烈的深远的程度而来，画家对于艺术主观到了高深程度，必定要达到稚拙感的美，这就像上面所说的大愚是由大贤转过来一样的。

现代画家马蒂斯的画上，尤其见到这稚拙的感觉。他常用爽快的线，极大胆地运用颜色，确是现代艺术上主观最强烈的一人。从他画面的形式上看来，很类似中国的写意画，所以从前有个日本人评马氏的画，说他是西洋文人画，这是不彻底的。为什么不彻底？因为马氏的画，并不是有意做作，而且用很长久的锻炼而来，绝不是像东方人以绘画为游戏的。所以我说马氏的画，确有伟大的魔力。不过现在有许多青年画家，受了马氏的影响，往往学得一些皮毛，纵令形式学像了，内容仍是空虚的，因此不纯洁的分子，也有混杂其中。单学人家的画面而忘却审美的要素，在艺术上是没有价值的一件事，所以我确信艺术上的稚拙感,是深而且奥的东西!

现在把稚拙的美感,用简单的说明,分析于下:

一、拙感,是概括神密的感觉,在单一感或单纯感里面受着一种美的要素。

二、在稚拙感上有单纯感(把复杂的东西,成为单纯就含有稚拙感)。

三、单纯感的铬感中,有极敏锐的神秘感(譬如画人物,桌子上单配置一个苹果等等)。

四、在单纯感中,有装饰的铭感。

五、稚拙感,不是用方法来判定的感觉是含有与普通画面相反的性质。

六、在稚拙感中,不惟有伦理的美,还有形以上所显出的美,就是在异常感或超常感里面的神秘美(如国画上所画的人物和鸟兽的颜面等等)。

七、稚拙感对于写实的要素,有缺除的必要。大概都属于形而上单化的美,所以常常轻形式而重于精神感觉的暗示。

稚拙感的内容,既如上面的分析,我们就该晓得:这不是无意义的涂抹,便算是精神表现。还是要由作家内心的热诚和技术熟练相结而成。我写到这儿,对于国画,不得不再声明一句:国画的稚拙感,我们还承认是好的,但是现在的国画家,单将摹人家的作品,把自己心灵的运用麻痹了,于是就弄成千遍一例的作物。这是配不上谈个性的表现,更说不上人格的反映。我希望习国画的人们,还是先要打破以前学画的习惯,从新方面无拘束的实技上锻炼入手吧!

原载 1923 年 6 月 4 日《时事新报》

为研究艺术者进一解

　　从来艺术家和艺术教育家的主旨上，就有不同的地方，艺术家是利己的，艺术教育家是利人的。当教育家者，以常识和中庸为唯一的信条，我们在时代思想上一步一步走着稳实的路，要是先跨了一步，就要发生危险。但是艺术家所持的态度和境遇，确完全相反，中庸和常识，是艺术家最回避的地方，因为艺术家从自己的表现乃至创造，就是他的生命，所以常常在时代思潮前一步或数步上努力前进的。教育家的生活，恰如在轨道上走的火车，有一定的方向，用一定的速力，走一定的途程，但是艺术的生活，完全像飞行机一样，操纵自由，放达不羁，绝对没有一定的方向。所以艺术家，一生都从自己恋爱的艺术目的上和自身相融合的，绝不肯放弃自身的所好而投放普通的教育范围之内。可是现在我国研究艺术的人们，大半都做了艺术教育者，这因为多数人谋种副业来维持他生活的缘故，毕竟不得不牺牲走入教育的一条路上去。

　　从艺术家一改而为图画教员的人们，虽然比堕落在商业化的生活好一些，但是他们立到教坛上去的时候，就不能不尽他们美术的责务，因此又不得离开本意去做减少艺术趣味的工作，没有个性味的画，也不得不画几幅,虽然平时也能发挥自己的制作,然而每日生活大部分缠绕的困苦,足以阻碍他艺术的进步。

现国内习艺术的人,都走入上面所说教育的一条路上去了,所以拿纯真艺术为主旨来专心研究者,便没有几人。

艺术家既做了图画教员,又被社会对于艺术家冷酷的待遇,说也可怜。试看现在学校里一个图画教员,仅得些微薄的报酬。照这样的境遇,还有什么精神和时间来研究他们纯真艺术的创作呢?

我揣测多数国家人的头脑中,都把艺术视为无关紧要,他们既把艺术的研究当作玩意儿一样,自然更不知艺术家的思索和技术的追求是怎么一回事。固然这样受社会轻蔑和嘲笑,但是真挚研究的艺术家,我以为不必顾虑这些问题,要知道现在中国的艺术界能够努力进行的人,走的却都是这条荆棘的路呢!以后只要坚决毅力仍旧向自己目的上追求前往,自然能够开拓一条光明的大路出来呢。

我们是要晓得古今中外有许多大艺术家,往往受庸众的误解或非难而处于极困苦境遇,像中国画家恽寿平、法国画家米勒,他们的天才和伟大的人格,都是到了晚年,方才为一般人所发现。还有许多生前竟无人问津的作家,到死后才开他灿烂艺术之花的也指不胜数,所以真挚研究艺术,不必求现在的环境和社会群众的理解和安慰,我们只要把自己所恋爱的艺术上保持自己研钻的态度,当然可以产生有生命赋予的艺术,如果国内研究艺术的人能够觉悟了这一点,也许可以除去许多的障碍。反说一句,为物质使役的人,本来不配称艺术家。我们只觉得:"环境的压迫愈顽固,我们的抵抗力更觉扩大。"

原载 1934 年 5 月 7 日《民报》

现代的绘画，不是迷恋过去的骸骨为满足，也不是仅在自然的表面去做自然的肖子，须把个性向外扩张。所谓生命，就是要赋予作者的灵魂。

然而现在多数人对于绘画所着想的，以为是画家思考的表出，好像单用形态和颜色来当作像一种文字的说明，骤然听来，似乎有点意思，其实现在的绘画，并不是这样的解释便算彻底。

所谓现代的绘画，不拘束于画面的说明，确从广阔的意义上锻炼技术，并且要从快感的团块上显出美感。画面上新看到的构图、轮廓、明暗、调子等等，全然用直截爽快的感觉去描写的，没有理智的束缚。我们看到现在欧洲的作品。只觉得他们单像沉醉那样感觉到一时的愉快充溢于画幅上。

像上述那种绘画，不理解现代洋画的人们，自然对他们生不出什么趣味，因此，只能赏鉴说明画题的作品。什么叫说明画题的作品？譬如画得很像的肖像画，或名胜的风景，一般普通的鉴赏者，就会看得出神。还有一种带着历史和神话意味的画面，如《贵妃出浴》、《刘阮仙台》等等，也是受普通眼光容易赏识的，然而偏重说明画题的绘画，往往注重描写一件事实，把技术忽略的就很多。就是有充实技术的人，因为被画题束缚，不能使他的精神全力倾注在自由的技术上，所以那些注意画题的画，在专门家看起来，不过叫他插画罢了。然而插画式的绘画，无论艺术最发达的地方，总是占着一部分的势力，不过占着这种势力的画家，都是平常的分子。纯艺术的作品，全为作家生命的表白，放达不羁，绝无束缚，没有被什么画题来支配的。

世间有许多人以为绘画是附属于文学的，所以有些画家们，也拿文学的趣味来作绘画。不过画家踏入文学的领土，往往容易弄巧成拙。我以为画家最能够说明他的态度的地方，只有直接从他的画布上得来，因为一个画家的思想，是常常变动的，今天所想的，不必要和明天的一样，今天所描写的，也不必和昨天相同。那思想的根本虽不会改变，然而思想的自身是时时推进的。而表现的方法，便从这常动的思想上产生出来。

现代的绘画，其目的在表现，不是用文章的方法细细地来做，是要从生命中所得到的感情传达到画面上去！然而这"表现"，并不是露在表面或强烈动作的热情中间，在一幅画的组织上，不论什么地方都具有的。凡是一张作品，应当保持他全体的调和，在观者心里一切皮相的细部，不是一种主要的部分。

用"表现"做目的的结构，看他所占的表面怎样，便有了变化，假使用长方形的画面大了若干倍，不是将原画放大了便能满足，必须要使围绕他的空间也有生命的力量。所以要移动一画面上的结构到别一个画面，因为要保存那"表现"不得不重加思想使他适当，绝不是用"九宫格"的方法便算妥当了。

总之，过去的绘画是"再现"，现在的绘画是"表现"。再现只在自然上描写得惟妙惟肖就为满足，表现则在自然以上加以自己生命闯出的力量。前者依自然作本位，后者依自己做本位的，最近欧洲艺术的精神，即在于此。

原载 1932 年 11 月 14 日《民报》

美术起源浅解

　　美术的起源，可从心理学、生理学、社会学三方面观察，虽分为三种比较复杂的研究，然而到了近代，都把美术当做人们心的活动和意识上所产生的一种心理学。兹将最简单的美术起源说，写在下面。

　　有以美术的冲动来说明美术的起源者，就是说人类有所谓艺术冲动之一种特别能力，根据此种能力，便发生美术。然依近世的心理学说，已不能承认仅依此特种殊能力，便可满足。正如不认以宗教本能，来说明宗教之起源一样。

　　美术的活动之心理的原因，不得不比较美术冲动更进一步的探究。这活动有两种原因：一是"审美的"，二是"非审美的"这两种原因，"类似反射作用，又若机械的，更如有目的而复杂的发达之意志作用，"虽不限于固有的冲动，现在且假定称之为冲动。因为普之心理学上之所谓冲动，原来是指"单纯的动机"及"感觉的感性"通意志活动而言。

　　审美的冲动有四种学说：

　　甲、模仿的冲动——以为人类有种模仿冲动，美术的起源，是依据此种冲动，故模仿自然而成艺术。如古代希腊之亚理士多德及近代法国之齐特洛，均属创此说最有力者。不过此说在说明绘画与雕刻之起源为适宜。

乙、表情的冲动——以为有艺术的本性，故有感情的表现，因此可以用感情来说明艺术之起源，此系希腊文之说。适宜于音乐舞蹈叙情诗等之起源。

丙、装饰的冲动——以为人类有装饰的本能，故有艺术之起源，此说是只能说明装饰美术之起源。

丁、游戏的冲动——主张此说的学者最夥。若雪莱、斯宾塞、勃拉温等，都有阐发，下面便根据此点加以说明。

试观上古的艺术，便可捉住一切艺术的秘钥。上古的人民，并不为必要上而制作艺术，不过在物质的需要充足时，自由自发地发现了艺术的活动，以满足本能性及感情。关于此点，在英国诗人雪莱所著之《关于人类之美育的书简》中论及道："没有鉴赏美的能力，不知粗野人类的美的生活，原始人常无一定之目的，所以无尽藏之自然，虽表现千变万化的美观，而他们终不能感到。他们在光荣之中，只有探索为自己牺牲之物，至接触自然之崇美时，每有以为是自己之敌者。考古学者，虽屡次发现古代之艺术，然断不能依此即以为能发现艺术之起源，即追溯于埃及之古代，亦难能觅见艺术之起源。吾人所见闻之艺术，均属于已大进步之艺术。观埃及之古美术品，已可知艺术之起源，却远在埃及时代以前。"

观今日之野蛮人，即知他们未尝不知艺术。今日之野蛮人与埃及古代之人民，原有种种类似之点，古代东方诸国的遗物，与今日蛮人的作物，亦有相似者。观非洲内地土蛮之衣服、武器、日用品等等，每足以引起古代埃及记事的联想。今日非洲蛮人所爱好的艺术，亦很多与埃及古代所流行者相似。

再观现在无论怎样的野蛮人，没有绝对不知艺术者之例。则可知即最古之人类间，亦一定有艺术之存在。古代之西欧洲蛮人，有古代巨象之写生。在鹿角做成的刀柄上，亦施于装饰，这种绘画装饰，非因必要而制作的。究其所以描写巨象之原因，不过因巨象之形状特异，故写之以与妻子们共乐。绝非因欲防猛兽之害，或然杀之以食其肉等利害之念而描写的。至于刀柄之装饰，完全不因实利上之便利，大概亦起于美术心状而制作的。

依据历史上及人类学上之研究，亦难能明示艺术之起源。故不得转换研究方面，从"自由自发的活动"方面来细察所谓艺术之起源，或亦不离乎此活动而发见。

吾人玩味此自由活动之性质与条件上而约略言之，则此活动，可说是游戏。不过因这一点关系，要分别出人类与高等动物，成为极困难的事。因为高等动物亦像人类一般之有自由自发之活动，没有游戏冲动的生物，单为必要而活动的生物，是下等的生物。斯宾塞在他题为《美的感情》之名著《心理学原理》之最后的结论中说道："下等动物之消费其势力，虽则在生命之保存机官上，然高等动物有较完备之机官组织，所以时间势力不全为直接之必要而消费。换言之：因有完全之营养方法，故每有余的势力，在直接的生命保存之必要分量外，常有所溢出。这在高等动物方面，都可以见到的，可称之谓游戏。"就是说：这有余的势力，行其自由活动时，便成为游戏之种种相。游戏的冲动，是艺术的来源，他的基础，不问人类与兽类，都在相等的体质之上。雪莱说明于前，斯宾塞以其说为基础，再依生理学上的研究，更将其组织为根据，以说明游戏的冲动。

现在再把四种冲动与艺术关系，分别简明写出：

甲、模仿冲动——叙述或叙事的艺术。（艺术之叙述或叙事的要素）

乙、表情的冲动——叙情的艺术。（艺术之叙情的要素）

丙、装饰的冲动——装饰美术。（艺术之装饰要素）

丁、游戏的冲动——剧的美术。（艺术之剧的要素）

看了上面所述的种种,便可以知道各种艺术品都结合在"审美的"或"非审美的"原因,而再制所谓创作。若工艺美术品,是以日用为主,故以"非审美的"原因为主动力,附加"审美的"原因成为艺术。其他的艺术论理上,均以审美原因为主,非审美的原因,不过是补助的。实际上虽多数自由审美的原因为主动力而发生艺术,然非审美的原因为主动力,审美的原因为副动力之艺术,亦不是绝对没有。概括地说来,二者原来没有先后主宾之别,是有密接的关系而生所谓美术之共同产物。

汪注:原来这个题目要写几万宇才能说得明白,上述仅择其概要而已。本文的论述,是采取日本黑田氏所著的《原始艺术论》及关于讨论艺术起源论诸书。

原载汪亚尘编《师范学校教科书·美术》上册,
商务印书馆 1935 年出版

论国画与洋画

——在浙江省教育会演讲稿

　　近来有许多人论到绘画,以为将来中国画与西洋画,必定要合为一致,或者有的人更进一层说:中国人作油画,就是中国人的绘画,这种说素,固然可以信得,但是从中西绘画的统系上解释起来,确有很相异的地方。所以国画家要采取洋画之长而混合于国画之中,不得不明其内容,现在姑述东西绘画的内容如下:

　　中国画,向来称为书画一致的,笔意的运用和墨色的提出,由来论国画者视为可贵的特色,在纸和绢那些薄而且滑的材料上,所用轻淡的颜料,原来不用全力注意的。其主要点,还是在用墨,中国画自南齐谢赫创六法以后,直到现在,所尊重的,就是在六法上第一点(气韵生动)。所谓气韵生动,并不是像西洋画上用颜色来表出气候,是在应用不拘泥的笔,要见出笔力与笔势的生动,同时用墨色渲染气韵,这可说是中国画上唯一的特色。

　　洋画上也有像中国画的水彩画,但是还有钢笔画、粉笔画,就中以油画为最发达,现在先从主要的油画指出来说说吧!油画是用浓厚的绘具,涂在画布上,作家重要的本领,要制作明了和强烈的画面;用笔触，确不能像水彩画那样过于活泼。油画的趣味，是在以浓厚的绘具利用凝结和团块的地方，像近代风景画家柯罗的画面，颜色比较的用得淡薄，但是他用油仍旧是很厚的。如果油画像水彩画那样薄薄地涂，要想描出物体的感觉的空气的振动，就很不容易，并且这种平涂的画，最容易失去深味。

说到水彩画的趣味方面，和中国画也有不同的地方，水彩画的用纸和中国绢和宣纸的性质不同，虽然也有类以中国宣纸那样光泽的画纸，但是制作有深味的画，是用种粗纹的 Whatman's 纸。用笔也不是平涂，须表出物体的深意，然而近来西洋画上常常有显出笔气，中国画上反显出光线和远近，虽然各采取的方法，但两者的特色确是忘记了！

中国古代的佛像上，线条和色彩，从装饰方面看来，实在是很优秀的地方，就是人物画中描写的动作，有趣味的地方也很多。但是现在的画家，只为拿古代遗品的趣味临摹，不晓得从时代上追求，所以我们看到现在人画的人物，立刻就会生起古代画面的感觉，并且会联想到古人的技术，这就能证明今人只能追从古人而不能自身开拓的一个弱点，其实今日的画家，哪里会强同古人。不但绘画如是，就是社会上什么事情，都是随时代而演进的。所以大多数那种模仿，绝没有作家的生命。到现在中国画弄得一些没有兴趣，也是被这种因袭家所堕落的，这确是国画衰退的一个重要的原因。

试看几百年来中国画家，单是模写粉本，不去观察自然。既不去感受自然界清新之味，难怪把那些死型偏于墨守旧习，无义味的甘尝古人的糟粕，因此那些作品，既没有生气，也不能自由，只得拘泥在旧法古格之下。到今日那班国画家，还是腐心在现出那无意味的笔法、笔力、笔意等等的名词的里面。

我们一方面看到西洋近代的作物，或读西洋的画论和一般美术上的议论，一方面又读古代中国的画论。两方对于画的真理，确有暗合的地方。但是古代国画上那种形态以上的差异，东西洋确有分别，我们觉得东西洋,画论和画面所接近的,是现在欧洲绘画与中国以前精神表现相吻合,并不是现代的西洋画和现代的国画相接近!为什么这样说?因为现在西洋人当采取东方艺术上精神超脱一点,所以我们也不妨把美术的界限扩大,从中西混合地来讲,但是要仔细地来比较东西洋绘画上技术的差别,我觉得中国画正像书法上的行草体,行草体之中,确有妙趣存在,所以往往比较正楷有趣味的地方很多。这种行草体似的中国的墨水画和古代西洋名人草稿画,差不多是显出同一的趣旨。

讲到正体的画,西洋十五六世纪名人的大作同我国唐宋时代大家的正体画比较起来,形式固然不同,就是根本上也有差别。意大利寺院中的壁画和唐宋诸大家的笔迹,绝不是相同的。为什么不相同?这完全从东西洋历史上以及风土人情世态的不同原因而来,美术都是由时代的风俗事情所兴起的,东西洋国上的差别和风俗不同的结果,艺术也因此而异。

由来西洋画重于写实,东洋画贵在把一切形状做理想的抽象的描写,这两方根本上的不同亦是根据上述的差异而来。不过说到西洋画上写实的进步上,不得不推想他们从描写人物方面而来。原来人间幼稚时代,描写物体的形状,是种自然的启发,所以也有用人物状态的描写来当作代用文字言语的时代。古代埃及和亚米利加等的蛮人所作的绘画上,就是个好例子,现在还常常有得看到。

要说欧洲人体画的发源,更不得不述及希腊时代写精巧的人像。古希腊对于武士的肖像,尽力地描写其真,就是希腊的雕刻发达时代,也专造巨人之像。古时希腊人极重人间体格的全美发育,他们在那时候即有了天然的姿势美,于是把那些真状尽力地描写,不知不觉间发达得写生和写实。他们所写的对象,既充满着自然之美,所以完全照着了自然的形状去描写。就是希腊以降的西洋画,都是依希腊艺术的系统而来。加以白色人种的体格,都很美观,所以绘画和雕刻上对于写实的技术方面,也很有进步。概括一句:欧洲古代美术上,人物画方面,在写真的技术上，确是非常地进步。十五六世纪，又出了许多伟大的作家，如伦勃朗，米开朗琪罗等，他们描写人物，已达到很深奥的境域。

西洋绘画上，依理想而描出的也很多，如宗教画，历史画，小说画等等的主旨上，大半都由理想而来，但是在形态上眼睛所能够看到的状态，都由写实上专一的。能够用对象的地方，还是照了实在的物体去画的。所以古代西洋画的画技，第一求其迫真，就是雕刻上，也是以写实为贵。

再反转来说东方画：东方画对于万物的形状，都从想象来描写，是从人间来启发自然，所以描写物状不用写真，大概以想象作一种超自然的东西，这是国画上最初一般画术的概念。至于写实，在国画上并不是绝对没有，不过是在次期发达的（国画的写实，并不像西洋画那样周密，不过借物象略取其外形罢了）。所以论到东方画，还是从初期的启发而继续进步的，就是最近的国画，也不是照了物象同样地去描写，这可说是国画的源泉。

中国画不取写实的原因上从另一方面看来，对于印度的宗教上有极大的关系。古时描写佛像，在形态和面相上，素来不依真的人间模型，专依想象而成。在这里我们从推测上说起来，或再有两种原因。第一种：东方人的体格皮肤，没有像白色人种那样美丽，就是照了去实写，不能得到圆满的美感。第二种，从佛教的教义上，并不尊重人类的肉体，因为只重神而不重人，所以把人体看得很轻。因为有这两种原故，结果偏重于自然的想象了。既不重视人体，对于自然山水花鸟那种无邪气的画，就非常盛行。到近代差不多画人物画很少了，就不能不说到受着佛教上的影响吧！

爱山水和花鸟的飘逸画风，同东方老子和庄子的思想上，本来也很多一致。因为有这种超脱思想上的支配，东方绘画和雕刻上对于写实，向来不甚发达，不但不发达，而且是排斥写实的；所以东方的绘画，是从想象而画出宇宙间"万物之影"，并不是画出"万物的真"，我们试看历来的中国画,用人意来表出形似还在其次,第一,要在"笔力"与"墨晕"之间表出自己的心灵和自然之意,换一句说,离开天然的形态,作家另外创出一个天地,这是中国画最深的一个观念。

东西的画体和画格,既如上述两方的历史上看来,就可明白两方根本的不同,这是双方数千年相沿下来成为牢不可破的系统。但是从东西交通以来,西方的画风,渐渐向东方吹过来了,西洋画的真面目,也逐渐输入;因此,双方也有了比较。比较的结果,我晓得晚近的西洋画上,很有吻合国画主观的精神表显的地方。但是他们画上所显出的粗大笔触和大胆使用的色彩,一方面固然是应时代的要求而来,但是一方面,确又从正体的绘画而移入行草的。中国画,只见行草,没有正体,这种行草书似的中国画,我们虽然有继续整理和追求的必要,但是在今日对于正体的绘画,也不得不去研究一下!

研究正体的绘画,只能采西洋的长处,要采取西洋画的长处,就该实行去研究西洋画。现在中国的西洋画,还是像初落地的婴孩一样,全仗看护的人去负责,所以现在一般不了解洋画意义的人,专去袭西洋人流行画派的皮毛,大写草分,倒是很危险的事情!我以为还是要在正体上去下些切实的工夫。至于国画的改进,在我们研究洋画的人,也要负个重大的责任!

原载 1923 年 5 月 24 日《时事新报》

中国画与水彩画

　　洋画上实行风景写生,在 17 世纪才萌芽。到 18 世纪初期自然主义的画家,专从事风景画。英国水彩画,同时也盛行描写自然界的风景。但是考察我国古来的山水画,对于自然界种种的研究,比较西洋早得多。唐朝有许多作家留给我们的作品上,对于自然界早有深深的铭感。他们的构图和着色,都是由自然界外部的形状和色彩,触动作家的内心而表出有伟大人格的作品;而且古人的作品上,包含着极丰富的诗的情绪。那种超自然而尊重作家心灵的表现,莫说自然主义,就是现代表现主义的见地,我国古艺术家,早已发现了。所以描写风景画,全世界要推中国最早又最圆熟。

　　从前科学没有发达时代,在研究自然上,不但人与自然不去交涉,就是物与物也没有什么关系,所以看到古时山水的描写上,把岩石、山峰、溪流等等,都立了一种一种的名称。不惟如是,山岳中附随的树木,也有各种名目的不同,名称之下,又说了许多作画的方法。枝干要这样描,树叶要那样点……虽然从前人那样分门别类,但是他们的画面上构造的瀑布、溪流、断壁、桥梁,以及繁茂的植物、云雾的起落,倒也并没有不合理的地方（这是指古人的画面而说）。

　　要知山岳画法上，分什么荷叶皴、乱柴皴、解索皴、乱麻皴等等名称，都是由前人接近自然而来。要是古人没有发现那种"皴"，我要问：那种种的皴法从哪里生起来的？有了画中线条的发现，然后定出"皴"的名词。然而"皴"的发现，虽不能说没有杜撰，但是大半还是由自然界接触来的。不过后人仅依前人表现的描法上临摹，专从古人的定形做作画的根据，这是错了！王摩诘、张璪、荆浩、关仝等大艺术家产生的那时代，确是很盛行地研究自然，可惜他们只传留些作画的方法，没有将他们研究自然的要义，教给后人，所以后人只会拿古人作画的方法当制作的立脚点，于是乎把古人"接近自然"的要义，一转而堕落于摹写之弊。摹写风昌盛时候，只依古人作品外部的形式当制作的典型，都不去着重自身真力的表现了！

　　风景画上诗意的发达，国画上可称第一。诗的热情，是艺术家内心的表现，然而近代的国画上，只会题几句滥调因袭的诗句，不去从画的本身上着力，所以只见到千篇一律的作物。鉴赏国画，最注重画上的气品和气韵，所谓气品和气韵，就是诗意的结晶物，我们看到古大家的作品常有像自身亲历森严幽妙神境的感觉，同时惊叹那些艺术的伟大；但是又看到现代的国画，不但没有像古代艺术上吸引观者的魔力且缺少创作的精神。因为现代的国画家，只保守前人的方法，不肯自己向自然界直接探求，那种因袭的画人，漫说没有气韵，就是有，也不过袭古人的一些皮毛罢了。

　　西洋的水彩画，以水溶解颜料用毛笔来描写的，同油画性质不同。油画有固结的黏性，画时就要利用这黏性。水彩画用毛笔沾水，可以自由自在地描写，又能够表显笔痕与笔力的妙味，所以水彩画和国画很相近。国画的没骨法和水彩画更有许多相同的地方，没骨法上所得着的妙味——笔痕与色彩——当时也都从写生中得来。从这种地方看来，用水彩画的方法来研究国画，确有极大的效力！洋画输入中国，比较的是水彩画先流行,也因为两方画法和用具上相同的缘故。不过从前许多水彩画的作家,对于方法上也有许多错误,前几年看到的水彩画,总是先勾了很深的轮廓,再从淡淡的颜色一层一层地涂得很浓,光的部分混些白色,正像油画似的把颜色叠得很重。所以那些画,失掉水彩画的趣味,就是从前英国纯写实的水彩画,并不见到笔力的妙味,只见呆板的描写,但是再把现代英国水彩画的表现上看来,很能显出活泼的精神。

国画上所谓笔痕与墨色,水绘上就是着色。国画的气韵生动,由笔墨间传出;水绘的气韵生动,是由着色上看出。水彩画上保持色彩浓淡的调子,是最主要的事。而写日暮薄暗的景色,盛夏的山岳和森林的浓色,有时虽不用浓重的色彩,只要调子匀和,仍旧能显出日暮和盛夏的感觉。

水彩画上的笔痕,并非做作而来,在写生时,自身的精神集注于笔端,自会有笔痕和笔力,要是下笔时稍有一些疑问,结果,那幅画,还是要失败的,所以下笔之先,要有充分的自信才行。

有时作速写利用铅笔的线,着色时不用过意深重的色彩,自然而然会显出笔力。写生时,自始至终,笔痕判然,绝不会失去水彩画的妙味,倘然重重叠叠地加上许多色彩,不但活泼的笔痕消灭,并且看到很滞笨的感觉。

国画上不论一笔一彩,都从笔痕流利的地方看出,所以国画对于线的描写,确是很苦心地研究出来的。我以为水彩画对于种种画范练习时候,不妨采用国画流动的方法,用笔流动了,颜色也会活泼起来。

总而言之:国画和水绘既有这共通之点,我们尽可拿水绘的方法来作国画,不但能打破国画上临摹之弊,而且可创出一种新的画面。

原载 1923 年 10 月 28 日《时事新报》

关于水彩画的讲话

　　近几年国内所举行的展览会里陈列的洋画，虽然有油画的作品，但是比较上还是水彩画为多数。依研究方面来说：普通学校的画科，水彩画已占了大部分，就是专门研究绘画的学校，也不能把水彩画减去。在这种情形之下，水彩画这个名词，自然晓得的人很多了。但是一般普通人还不能完全有鉴赏的能力，所以往往把水彩画会看作油画，甚至以擦笔画叫做油画的人也不少，因此我现在先拿水彩画来说明一下。

一　水彩画是什么

　　水彩画是拿水来溶解颜色的一种绘画。广义的说来，中国画、印度画、日本画都可以称为水彩画；然而水彩画在西洋画中，不过是一部分，因为洋画有许多类别，除了素描上种种名词之外，画面上使用色彩的，大致分作油画、粉笔画、水彩画三种。用调油来溶解绘具，画在油布或板上为之油画，依制成颜色的粉条直接使用在粉画用纸上的，为之粉笔画水彩画，像上面所述，以水溶解绘具画在滑脱门（Whatman）纸其他水画用纸上的。近来作水彩画,也有使用像油画的画布。日本人作水彩画,也有应用日本绢和中国的宣纸。最近的所谓新日本画,就有同西洋水彩画上同样的趣味。

二　水彩画的历史

西洋油绘具还未发明以前,就有了水彩画,这是我们常常在西洋古画上有得看到,不过那时候的水彩画,用在底稿画上居多。描写水彩画最发达就要推英国,英国在千七百年间,水彩画非常盛行,那时候英国的画家,差不多没有个不会作水彩画的,所以英国最早,就有种种水彩画会设立。在皇家画会里,特设水彩画陈列室,竭力奖励水彩画有力的作品;所以伦敦和其他都市的美术馆里,也多有水彩画陈列。到了千八百年前后,英国研究水彩画的,更加兴盛,人才亦辈出,如透纳等,打破从前的色彩,一变而为描写印象的水彩画。追求自然界光辉的色彩,已达到极深的境域。自透纳出后,人皆推为水彩画之王,差不多没有可以与透氏劲敌的人了。到了近代,水彩画的作家,还是层见迭出,更受近代法兰西艺术的影响,都能发见个人的特色。

三　我国的水彩画

洋画自输入中国以后,一般人学水彩画的居多,研究油画的很少。这是什么缘故? 在我推想起来,有下列两种显著的原因:

一、水彩画和国画的性质很相近,由国画改作水彩画,除学理上不同之外,手法确是相同。

二、前几年洋画不发达,经售洋画用品的几家铺子里,只备水绘具,油绘用具很不完备。

上述两种原因,最显著的,还是第一种。中国画上用的藤黄,花青赭石等……同西洋水绘具很多类似。从前各处学校里,都拿国画颜色作水彩画,固然,要说国画就是水彩画水彩画就是国画,也未尝不可;但是真的要考究到材料上,确有些不同。西洋水彩画所用的颜料,经过化学的实验和分析,加以颜色的种类又多,所以使用时比较国画颜料既来得安全,又来得便利;中国颜料的种类,虽不止上述三种,但调练时很不便利,所以现在研究水彩画的人,都采用西洋的颜料。

材料便利,发现手法和国画又相近的水彩画,加以研究艺术教育的人们,便于在各地学校里实行,水彩画当然盛行。不过专从事艺术的人,也不得不研究油画,我以为能使研究绘画的人们,水彩画和油画都要顾到才是。

四 日本人的水彩画

洋画流入东方,在我国和日本并没有孰早孰迟;但是亲尝洋画滋味,日本人较我国为早,日本人初接近洋画,也专描写水彩画。从前我在东京看过一次日本水彩画沿革展览会,集合各方面死亡和生存诸作家的作品,从沿革展览会里看到最早日本的洋画家,大概描写水彩画,这也是因为日本画同中国一样相近西洋水彩画的缘故。在明治十年时候,日本人聘意大利画家朋达纳治教授洋画,朋氏是擅长水彩画的一人。日本故洋画家浅井忠、小山正太郎等,都有受朋氏的影响,所以浅井氏和小山氏的遗作,水彩比油画优秀。现在专门研究水彩画的,有三宅克己,丸山晚霞,藤岛英辅等,其余如南薰造,石井柏亭等,也专心于水彩画的,现在每年春季有水彩画展览会举行,秋季的帝展,也另辟一部分陈列水绘。其他如日本画家,也有在绢和纸上采用水彩画方法的。所以现在日本画坛的一部分,水彩画非常流行。

五 水彩画的特色

不会鉴赏西洋画的人们，常说洋画没有线条和笔力，原来洋画并不是专注意在笔力的一部分上。绘画的生命，要在全体上现出作家的生力，但是作家的情感和自然融合的绘画，技术还是必要的。至于笔力，就包含在技术之内。有了经久锻炼的技术，才能够自由地显现出来。既能自由自在地表显，那么，笔力的活气中，也自然而然会有种妙味和气品；所以洋画的笔力，并不是和从来国画上那样讲求表面。画面上笔触的运动，也不是有一定的规则，须依物体的形状而变动的。譬如作油绘肖像或人物，都要顾到肌肉的运动，同时在熟练的笔触上，就含有笔力。要是没有笔触，仅把颜色平涂或用毛帚扫平，等于密腊细工似的下品东西。拿水笔画到纸上，拿油笔画到布上去的时候，从自由地笔触运动中留着那些痕迹，在近代的洋画上是很尊重的。

水彩画上还有许多地方，类似国画的描法。国画上所现出的笔力和气品，水彩画上也能同样地表出。水彩画虽有种种的描法，但是大半都像国画上（没骨法）描写。不论树木、岩石、花、草等，都是用色与色相连而成。有时也有先用颜色勾妥外面的轮廓再涂里面的色彩；但是像国画上单依紧密的线条排列而成的，那就没有了。水彩画可利用颜色的水渍，在色与色渲染、融合、混晕中，能显出妙味：这都是水彩画上的特色。

六 水彩画与油画

水彩绘具，很能显出像晴天清新的感觉，用在清快妙味的表现上，非常适宜。但是水彩画使用时候，不能立刻看出确定的调子，因为水绘具涂到纸上去的分量到干后差不多要淡去一半，有时那种清淡的性质，却很能显出一种爽快的趣味。用在面积不大的画幅上固然相宜,但是要作低调(深郁的颜色),或面积大的画面,材料上就见到单薄,表现力也不能像油画那样充分了。油绘具,比水绘具充分得多。虽然坏的材料,容易变色,但能明白颜色的性质,使用时就可免除危险,水彩色画和油画可有一比,水彩画比那文学上的诗歌,油画比那文学上的散文。诗歌与散文,虽然同样描写作者的情感,但是诗歌只限少数字来描写,字眼儿确要个个用得体贴。散文就可不必限止字数,用几百字也可,用几千字也可,能依作者自由地运用,我意:水绘和油绘,就有像这样的区别。所以水彩画用色,尚轻快,不能重重叠叠地使用。现代的水彩画,也有像油画那样用得很厚,但是那种水彩画,往往失去水绘具的本质。我以为与其要使用深厚的水绘具,不如直接应用油绘具,不必拿水绘具来硬当油绘具去使用。

原载 1923 年 8 月 18 日《时事新报》

现代绘画是什么？我先要总括一句：就是"实相主义"，（Realism）美术——凡直接看在眼中和精神所感觉的物质，或用个人的空想表现一种合理的构图，就叫做"实相主义"。

有一种反对实现普遍的形象，全用独创的构想——感觉——感情——神经——做标点的，就是未来派的创造。创这派的人，专是产生理论的形式，做特别的表现，还有一种奇怪奔放的表现，能使人惊心动魄的。如果不知其形式的规矩，就完全不能够明白那画的意味了。讲到那些画是什么？——就是很有趣味的"图案"，无言的"诗"，无谱的"音乐"。

中国画家，向来依着前人的传说和作品来凑成一张画题的。可说都从摹依而来。所以后学的，也是从着师傅手笔上偷点法子；至于先生的手法，也不过从古人的法则上得来的。我们只要看现在中国画的精神，觉得总比前人退步，推究这个退步的原因，就是没有创造的能力。

想那辈画家，从少年的时候，就养成临本的习惯，把"自然美"的观察，消灭得干干净净，现实的物质，当作下品的东西，他们研究的时候，只有机械式一个依样描写的本领，好像小和尚念经，只能"有口无心"地念下去，却不解经上的意义。

我国以前，也有很精熟的画家，但是他们是用许多的苦心，去研钻出来的，也能把自己的感觉，从美的地方直接进行，所以能够超群了。讲到那些画家的特长，还是"实相主义"的流域。

我上面把实相成为一体这句话，就是把现代绘画的派别，都可以包括在内的意思。

绘画尊重的地方，是要"发展个性"。因为各人有各人的本性，如果用一种支配力去选择那些派别的倾向，是不可能的。换一句说，只有个性去定派别，没有派别来支配本性的。

近代绘画的各种真相，概从下面的流派所表示出来的：

1　古典派

2　学院派

3　初期印象派

4　后期印象派

5　新印象派

6　分裂派

7　未来派

8　立方体派

除上面八种之外，虽然在各国还有许多大小不限定的画派，但是也没有必要的研究。照上面的八种流派，如果详细的说起来，是很烦复的，就是用几百页纸，也说不完。我现在用简单的话，把必要的地方，指摘出来，供我们研究洋画的人，得一个概念罢了。

1. 古典派：这派在今日绘图上，没有一定必要的存在，美术家对于古典派的说法有两种：

（甲）那种画，非常有古典的风味，清清爽爽表现出来的。

（乙）那种画，实在是古典的。

前一句，是对于调子、形状、端丽正确上所批评的。后一句，是对于没有趣味和没生气色彩的古风画上所批评的。

古典派我们对他再有好的印象，但是因为"古典"两字，我们仍觉得有些陈旧的感想。

2. 学院派：这个名字，在我们青年看了，总缺少"魅力"，并且是在愚弄嘲笑时候所用的名词，但是不论哪国，都有这个学院风的种子，欧美和日本的国立美术学校里，都是很崇拜的。要讲到这个学院派究竟是什么？——就是从古典中俗化出来的。

学院风的制作，在观察自然之间，有一定的形状，他的表现，是离不掉师傅的手法。那些画也可以称他是实写的历史画，他们终局的目的，就是一种"插画"的作用。

法国近来也有许多学院风的画家，技能是很完备了，但是构图上面总没有同"复兴期""古典派"诸家那样安定，色感也没有那样敏活。

3. 初期印象派：这派画的名词，可以代表美术史上一个大运动的地方，排斥官僚派的拘束和压迫，开拓个人自由的艺术。这派的统系，有支配世界的能力，此派破天荒兴创的人，就是爱德华·蒙克、马奈。那时候他们法国阴郁的画中，渐渐放了光明。从此巴黎人丰富的姿势，也容纳在构图的中间了。成为一种明快的笔，典雅的颜色。现在法国巴黎卢浮美术馆《奥林毕夏》的画，就是这派的代表制作，实为当世独特的作品。

马奈是印象派的主将，他一生的作品，都是从自然界来观察的。凡太阳中的现象，光线与空气的美观，他都用直接的感觉，和轻快的手法来表现的，有同派著名的画家德加也从马奈的发见所成功的。

我从窗口看出去，见一个半裸体的人，在廊下作工，他身体外面墙壁的颜色，和内面墙壁颜色比较起来，那外边肉色的调子，非常深浓。

我昨日在广场上，看见同样的景色，一个游玩的男子，在池中洗浴，那人浴后，登在喷水像的上面。他的肉体部分，呈深的橙黄色，投影是强的紫色，阴影当中，还含着有地上金色的反射，金色的调子上，也带着有错杂的紫色，看到那肉体上，完全成为'外光'，我于是相信这太阳照着的时候，可以显出真的颜色。

专在画室中作画，实在是愚笨的事，因为我们要想伪造外光中真的颜色，是很不容易的！

上面这几段话，是马奈对于外光惊叹时候的感想。后来莫奈、博纳尔等，又把光的"雾围气"，都能吸入，将肉体的美，尽能表现。于是鼓吹印象主义的，就获得最大的胜利。

莫奈的作品，室内画的很少，大半在外光中所作的。他最郑重的，是时间的变迁。有一次画田家刈后的稻堆，同样的画了许多，他常常早晨起身之后，用十二张画布，装在马车上，出去绘画。一日之中，都可以画完回来，但是他的写生画，一张一张的时间是不同的。

莫奈的作品，拿他的色彩和调子上看起来，全能够产生新的形式，就是平凡的景色入他的画幅，都成有趣味了。这派的美术家，比莫奈优秀的，还有雷诺阿。但是这"初期印象派"，都是以马奈来代表的。

4. 后期印象派：这派从莫奈等的"初期印象派"主义复兴的，这派的倾向，实依塞尚和凡·高的影响而来的。这两人是此派的先觉。他们的人格和作品，现在青年的画家没有一个不崇拜的。

这个"后期印象派"的名词，从评论家提出来的，塞尚、凡·高的画，为什么叫他"后期印象派"？我们却不明白。单依这两人的画充分赏鉴起来，实在是有一种极大的魅力，所以塞尚的画，现在的人都赞赏他有"神韵"。他画苹果、桔子、有花的织物、茶器、酒瓶种种"静物"，正如希腊的巨匠雕刻那美神的时候一样的庄严，并且他对于（复兴期）诸家作品，无论壁画、建筑，都有全力的倾向，能表现一切无邪气的态度。莫奈所热唱的"光的零围气",他也极力倡导的。然而他更加对于自然界领解的人,精致宽阔的自然"神秘"他是铭感极了。

讲到塞尚的画,并不是有奇异的地方,但是他有如神授魅惑的色彩和形态,流露其中。用自然的感觉,用正当的秩序,拿来描写,把"自然存在"的地方都能表示出来。

莫奈画面上,常常见有破笔的毛,和不清洁物事粘着的,但是塞尚的作品,如金石面似的,有一种幽严的光辉。在画面上,也有如玛瑙的黄色,也有如翡翠的绿色。他用的红色,都像珊瑚和红宝石一样鲜艳,他所用这种无比喻色彩的能力,大概从苹果和陶器上物质美的地方锻炼出来的。他最欢喜用苹果来写生,我也见过几张。讲到他用油是很厚的,画苹果的油差不多有一分高,看到明亮的部分,正如珊瑚一样,阴的部分,如红宝石一样。

塞尚的风景,现在有许多遗迹,都是很完美的,他在晚年的时候,也有许多裸体女人的制作,用风景做配置,是一种"象征"的大作品。

凡·高的画,同塞尚比较起来,还要粗大,但是颇有独创的表现,真率的性格,暗示在里面的。

凡·高作品上看起来,他用油的颜色,仿佛用蜡笔同样的自在,虽然放达不羁,但是颇有决断,用很粗的笔头,明快的色彩,能瞬刻的表现万象。看到他那种的画面,简直没有人可与他比类,与他劲敌了!

5. 新印象画派:这派是含有许多的人在其中,马蒂斯是杰出的人材。此派的诸作家,大概用初期和后期两印象派做中心,再从个人的倾向来成功的。

马蒂斯近来颇有"未来派"的倾向,他拿世界的实现万物,都能暗示在画题上。他的主张,凡构图、色彩、形状等,都要从画家的智巧所产生出来的,譬如画个妇人,他用主体的形状来表现,对于真人皮肤的颜色和轮廓,都不照样写。完全用自由的颜色,和描线上交杂错乱的特长,来表现一种幻想的画。但是这个幻想中,颇有一种"魅惑"和"音乐"的调子。

6. 分裂派：此派专属于各国无名的美术家。它的画风，就是"后期印象派"与"未来派"的中间熔化出来的。他们的取材，都是有实现的。不管是哪一张画，他们的手法，都有独创的，并且有一种奇异的阴惨气象。这派画对于光的"雾围气"是不讲究的。表现物质的美，有"滞濡"的毛病。那画中常有的颜色，如"烧焦的黑色"，"不透明的黄色"，"腐烂鱼上常见的红色"，"阴沟中泥似的青色"等等。

卢梭是此派的健将，他的画好像小孩子的自然画，不过无邪气的技巧罢了。他对于空气、光线，都用立体的观察，和普通洋画的表现，颇有不同的地方，专取朴直的风物做他的画题。他作品上画的人，都像玩具中的人形一样。取材也很特别，常常画树林，上面补飞行船，表黄色的烟。我们看到他用笔的地方，总有些稚拙的气概，但是从表现上看起来，是很充分的。

7. 未来派：在这篇的起首，已大略说过，再要讲他的表现，是极端排斥现实的。他们都从"色价"（求彩色真意味的一个艺术上的专名词）上，做一种见解来表示的，譬如用颜色的纸、织物、马口铁、牛皮、铁屑等，把必要的形状切下来，代替取颜色的材料，然后成一张画面的结构。这派画的运动，是十年前意大利所创始的。创始这派的人，不但美术的作品，并且对于文学、音乐，很有深奥的意味含在其中。这派的主动人，是马利奈蒂诗人，常在巴黎狂热的运动。他们的画题，颇有特殊的地方，出品的时候，目录上有画的解释，譬如"火车全速力的疾驶"的一张画，他注的说明是"依一点钟能走六十英里急行车的速度，拿来集成一种光线的总合"。

8. 立方体派：这派的主脑人叫毕加索，是最近在巴黎起来的。现在已波及到英国、德国。他的主张，自依印象派的光线做本位，反抗色彩做本位的。再从动的学说思想来研究物象的体积，因为用这些感觉来表现在画布上，所以他们的画，专表示立角的线，讲到这派画的色彩，是混杂乱舞的，好像用各色布头缝弄来一样的东西。

原载 1920 年 4 月 30 日《美术》第二卷第二号

为最近研究洋画者进一解

近几年来，中国艺术界里，不能说是依旧寂寞。然而这种微动热闹，还是少数作者烘托出来的。要是静心观察社会上一般普通的人们，对于我们的工作，还是隔膜，他们常常把真挚的绘画看做没有什么意思，反而把中国人杜造"擦笔画"当艺术品去看待。就是现在一部分从事洋画的人们，往往不知道现代艺术的着力点在哪里？既不明白现代艺术的着力点，不免生起画粗细问题的争论。自己爱细的，就极端地排斥粗；爱粗的，就极端地排斥细。但是粗细并不能衡量艺术的全部，不能说粗就是好，也不能说细就是坏，第一，要看作者的技术和情感上有多少联合。

人们的眼睛映照自然，都是平等，然而感受上依各人的情绪很有差别。诗人对于自然，感情较常人固然深刻，但是画家在感受上，还要用诚实的观察，所以画家在自然中的收获，不但比普通人精密，而且比诗人还要丰富些。

要探究艺术的生命，对于"接近自然"上不得不有真挚的态度。有人说：尊重自然和赞美自然，近于原始人的生活。这并不是讥笑的话。要在情感的韵律中求真、美、善，只能和大自然的环境去亲密地接吻，确不能用理智去压迫的。近代伟大画家凡·高的艺术，就有这"归还原始"的倾向，倘然艺术全罩在科学万能的伞下，作家的情感，却很容易被他吞没呢！

不论在哪一时代的名作，当时往往受客观的抨击，常常经过许多时候，才得评定，这大半由作家和观者对于艺术的见解相异而起。感情剧烈的作家，重于主观，从主观上就有自身的情意，随着自己的情意而生起的恋爱，全然是私人的冲动。我们看到东西古今的名作上，绝没有抛弃这私情的，倘然抛弃了自身所恋爱的情感拿人家的面目来做自己的面目，拿人家的技巧来做自己的技巧，那些作家的结果，无非造成些通俗的美术品罢了。

艺术既知是个人的东西，在客观上错误的地方，自也难免。但绝不能依客观的抨击，就改变方针。因为艺术是本着作家"生力"的表出，换一句，就是艺术家将自己直觉的情感传达到现实的画幅上去，所以各人有个特殊记号，但这种记号，正像打信号的旗帜，一望上去就能分辨。这不是思想的记号，是感情的记号，不是晓得的东西，是感觉的东西。

今日多数人对于绘画，以为是画家思考的表现，好像单用形态和颜色来代替一种文字的描写，照这样说来，表面上似乎适当，其实对于绘画在美术的根本上并没有彻底。要晓得现代的绘画，并不拘束在画面的说明，确从广阔的意义上锻炼技术，又从快感的笔触上显出美感，画面上所看到的机关、轮廓，以及色调明暗等等，全然用直截爽快的感觉去描写的，没有什么议论、哲学、论理、物事、时间、数目等的束缚，单像沉醉那样感觉到一时的愉快充满到画面上去。

照上述那种绘画，现在不理解洋画的人们，自然对它生不出什么趣味。现在中国要找一位真正的赏鉴家，恐怕也没有吧？所以一般人只能赏鉴一种说明画题的作品。怎叫说明画题的作品？譬如画得很像的肖像画，或名胜的风景，一般观者，就会大声疾呼地叫好；然而偏重在说明画题的画，在现代的专门家看起来，不过叫它"插画"罢了！因为从历史画、风俗画、肖像画这类东西，他们制作存在的理由上，仅描写题目之意味，在美的表情上一些也不会顾到的。但是纯真的艺术，全在"美"的表白，换一句：就是艺术家"美欲"的表出。所以艺术的艺术，绝不能依了他种的支配去制作的。要收获有生命的作品，就要从这一点上努力！

但是为艺术的艺术而努力的作家，第一，要觉悟自己的生活。不能为了社会恶浊或少数的摧残就消失奋斗的壮气，从今以往，我们仍旧向真挚的学术上猛力前进，虽有虚伪者作祟，还是要挺身抵抗。委实讲：诚实的艺术家，本来与一般的平凡努力的作家常作战斗。绝不为因平常努力增加了就消其勇气。我诚望真挚研究艺术的人们，大家拒斥这平凡化而起来向正轨的境域前进！

原载 1923 年 6 月 24 日《时事新报》

为治洋画者再进一解

现在治洋画的人，我很觉得有误解国画的地方，他们不但视国画与洋画漠不相关，而且带有排斥的意味。我曾经听过一部分研究洋画热度很高的人说："中国人要治洋画，非把国画用大火烧个精光，不足言提倡。"这种论调，也许说的人含有片面的理由，但是对于绘画的根本见解上，还是不彻底的。要晓得艺术上的系统观念，无论东西洋，都不能分裂。东方有东方的系统，西方也有西方的系统，所以只能采纳，而绝不能把自己几千年的系统灭绝。

东方绘画的系统，是在中国，其他东方各国的绘画，都根据中国系统的影响而起，正像西方的艺术根据古希腊罗马一样（对于系统的话，说来甚长，此处不关本题，故不多述）。日本人以前研究绘画，不过是中国绘画系统上的一条支流。近代日本人的南画，其娘家的来历，就是中国，这是显而易见的。

近代的国画，我们固然觉得衰微，可是追求我国古代的绘画，到今日还放着灿烂的光辉。所以古代的绘画，现在世界上还是很尊重的，难道我们治洋画的中国人，得着一些西洋艺术的臭味，就该把自己的宝库放了野火不成？这种不彻底的见解，不能说没有危险吧！

委实讲来，如果真要治艺术，还是要把系统弄个明白，那些出主入奴的观念，不是治艺术的真谛。固然，我们都愿意治新方面的艺术，然而不温古，哪里会知新？换一句讲：如果要明白绘画真谛的源泉，不能不晓得古美术的精华，倘然不知道古美术的精华，纵令接受着一些外来的空气，恐怕新的方面，也无由开辟呢。所以我觉得我国研究绘画的人们，应该在古美术上去下一番探讨的工夫。虽然国画与洋画使用的材料上有些不同的地方，但是表现的目的，还是共同的。我常常说：中国人画洋画，终究是中国人的洋画，不见得中国人所画的洋画，就会同西洋一样。我现在又想着一个比喻，譬如一个中国人，穿着洋服，戴着洋帽，拿着洋杖，从形式看去，固然有些像洋人，其实他的面貌和内容，总还是个中国人。不能说：穿洋服，戴洋帽，拿洋杖，就会变做外国人。绘画也是如此，用西洋的材料画得一些表面的形式相像，就说同西洋一样，这哪里说得过去呢？

按着上面所说，我们还要特别举出两个不会相同的地方：

一、东西洋绘画系统的不同。

二、东方的民族性、风俗、人情、气候等与西方截然不同。

有了这两种特殊的不同之点，艺术上当然起了划然分清的界限。因此，我觉得我国人治绘画，虽不是照了以前国画的方法去做，但是不能够忘记中国绘画的系统。

按上面所说的话，我就是主张拿油绘材料来作中国画的人，更愿意拿西洋的材料来作中国人的油画。要晓得方法上的采取，原是一件共同的事，我们看到最近的西洋画，也有见到中国绘画的倾向。

近来西洋画坛风靡一时的表现主义在艺术界宣传甚盛，他们的主张，在画面上单借物体的形式以表现作家自己的思想，绝对不受形体的束缚。从前西洋的绘画，都偏重客观描写，到现在的表现派，全由主观的情感做"自我的表现"。有时用物体，不过是种形式上借助的东西，所以从表现派的骨子看来,完全依作家的精神,畅发作家自身自由的思想。

照上面表现派简单的要素上看来,读者要晓得,我国的南宗画,从南北融合以来,同现在欧洲盛倡表现派的主张,暗相吻合。国画精神骨髓的地方,都依作家胸中的丘壑来描写,在今日经过了许多变迁的西洋画,渐渐接近到国画的精髓。要晓得他们用了几十年暗中摸索的试验,不过刚才到了我国数百年前国画的出发点咧。

总而言之:我觉得国画从南宗北派融和以后,理想方面,非常进步,表现主客的精神,已达深奥的境域,所以欧洲人看到中国画,不绝地赞赏,也是当然之理。中国的画论,暗合现代表现派绘画的论调也很多,我揣测近代欧洲的艺术,多少受着东方艺术的影响呢。

现在西洋画暗合国画,所以我们中国画,可以说是一种"新"的东西,然而在看惯中国画的东方人看来,也有许多说是"旧"的。西洋写实主义的绘画,现在拿到中国来,中国人一定会说这是"新派画法"。可是在看惯的西方人看来,就要说"这是早已过去的东西"。因此,我们艺术上所谓新的旧的,旧的新的,还是要明了地考察一下。

西洋人虽然对于过去艺术排斥,然而在练习时代,仍旧要追求源泉,中国人虽然对于现在的绘画沉滞,然而不去把古来的系统上追求一番,既不会明白今日绘画的沉滞,更不会自己开出路径来,所以我们研究绘画的人们,还是要从这种地方着力!

原载 1923 年 12 月 23 日《时事新报》

研究洋画的途径

　　有人问：洋画应该怎样研究最好？就可简单的回答说：不绝地在自然中假借各种模特儿去研究素描。除了这样不加思索的回答之外，就没有别的。现在研究洋画，绝对不是按着人家的作品去模写，也绝不像学中国画那样专依临摹入手，我们眼睛常常经过的物事，在一般先进的作家的作品上，如何感受，如何表现，虽然有研究的必要，但是所谓优良的作品，都包含在我们平常所经过的自然中，然而不成熟的画家，往往把他轻易放过。

　　文艺复兴期伟大的作家，米开朗琪罗他对于素描的见解上说："素描或线条所造成的命名，不但是绘画、雕刻、建筑及其他一切造型艺术的源泉和精髓，并且是技术的根底，所谓成功伟大的作家，都从这无限的宝库里开拓出来的，探索既久，不论人物或其他形象等都能描写，作者为自己伟大思想的开拓不限定在材料的大小和复杂，须用自己自由的手法，这手法全在素描上去锻炼的，有了素描的锻炼，再调合色彩的种类，既能作像意大利的壁画，又能把柔和的油绘具作成，随意使用技术的画面。"

从前意大利注意色彩的威尼斯画派中,有位专用华丽色彩及构图雄大的画家名丁托列托,因为他画面上色彩用得非常富丽,有个远道慕名而来请教的青年问他说:"先生,在一体的色彩上最美丽的颜色是什么?"他回答说:"白色与黑色!物体上从光处渐渐到了阴处就见到黑色的浓厚,因为深浓力增加,其他部分就得见许多运动凹凸的地方。"他还说:"美丽的绘具,只要到绘具铺子里去买,随便哪个都可得到,最要紧的是素描,能够长时间热心研究,确可发现无穷的奥妙。这种探究,并不是平常人都能同样收获得到,如果没有理解素描,色彩的表现,总不免陷于贫弱。"

上面所述丁氏的两段话,在探求真面目绘事的人们,是应该要领悟。起首研究绘画,如果急于要使用色彩,或用美丽的颜色排列在画板上,那些人不但不明了素描的趣味,并且还当素描是极容易的一回事。虽然能够使他涂红抹绿,但要晓得素描不明了,要想表现自然的生趣或物体上复杂的姿势,全然不能领会,因为这个缘故,纵使用美丽的绘具,到了遇着自然界光辉灿烂的色彩,反而涂出粗笨不堪的东西,常常弄到色彩的趣味和性质都消失了。回转来讲,如果对于自然界的实相,有了精深素描的研究,就是用简单的色彩,也能见到充分的表现,至于伟大、高雅的风味,也自然而然能领会得到。照这样看来,柔和、强烈、严肃、深沉等能自由充分表现的素描,确是绘画上的本体和精髓。换一句:就是生命!总而言之,缺乏素描的绘画,随便他颜色用得怎样美丽,对于自然的实相、生趣等等的表现力,总不能完备的。

上面所说的素描,不是像从来中国画上单写物象的外廓,是要把素描内面的意义,明白究竟,如形态、圆味、调子等都包括于其中。我以为绘画上所存在的,差不多四分之三是在素描。欧洲人研究绘画,在练习时代,没有不把研究素描当重大的根底的,就是学校里,也视为很紧要的一件事。入学考试时候,就要依素描的程度做试验的标准。考取的学生,差不多至少要得在外面有二三年素描的研究。进了学校,还得研究二年以上的单色画,照这样看来,素描在绘画上,确是种真面的技艺,要研究洋画的人,非有充分的修养不可。

练习素描,莫好于裸体,但是依练习的程度上讲呢,起初研究静物,其次作石膏模型的练习,或对着镜子作自画像,或习着衣人物和别种动物。至于研究裸体,现在已经有了模特儿,好在上海除了学校之外,还有几处专门研究洋画的研究所,也备有各种模特儿,供给大家自由练习,要研究洋画的诸君,必须要这样入手才是!

原载 1932 年 8 月 9 日《民报》

广义的印象

近代解释绘画上"印象"这个名词，仅指研究色彩为目的的一派描法上立论，但是这种解释，似乎陷于狭义方面了。我以为凡称艺术的制作，大概都由个人的印象而成，就是表现派的艺术，也要经过这"印象"，把种种的印象，经过了一道灵魂的酝酿和自律的综合之后，再能呈示出一个新的境界。所以印象，也可说作家经验的历程上反映的东西。现代西洋画家，对于印象的动机，就有下列两个来历：

一、从古人决定绘画上的描法以做自己的参考。

二、从作家本身技术以上联想至极端的印象派画法。

有上面两个来历的作品，虽不能称为印象派的绘画，但印象的意义，确也包含在内。前世纪专用印象派命名的作品，是单依光和色来做描写的目的。莫奈、马奈等作家，都是竭力在自然再现上专一的，他们对于古人决定的描法，都很轻视，但是从他们那些独树旗帜的描法上看来，只能认为是一种画术发达的研究材料，至于他们占有的"印象"名词，还得要用广义地来解释一下！

西洋古时画术上所谓印象，是注重形状和物体上那种运动的关系，色彩方面，并没有顾到。17世纪以前的画家，对于形状、光源、阴翳等等有精细的观察。人物画上描出的衣褶以及人物动作的表情和感觉等都有苦心的研究。依现在人的眼光看来，那种绘画，称做"写实"。其实写实的绘画，亦是由各作家的印象而成。譬如自然主义，实写主义，他们的理想，可以说是要平静自己的精神，好像一张白纸，好像一面明镜，要把自然的物象，如实地复写出来，惟妙惟肖地反射出来。他们何尝不是走着印象的一条路呢？不过在幻变的光中依研究色彩做表显目的地描写，从前画家的作品上，确是没有见过。从这种新方面来研究清新自然的美，还是在英国画家透纳（1775—1851）以后。以前的画家，都偏于作人物画，风景画也是从透纳以后渐渐发达乃至盛行。

从前画家都喜欢用焦色，表显太阳光时候绝对不使用明亮的颜色，要显光面，就在阴翳上加暗以衬托光面的趣味。把自然中光辉灿烂的色彩，又从富丽色彩的浓淡上加减而创出新规律的，就是透纳。透氏凡使用色彩的调子，不论浓淡部分，都提高一段，专在逼近自然的描写上研究的，透氏最得意的杰作，都由色彩而来，从透氏死后到现在，已隔开了七十余年，其中虽也有许多大家出来，但是要照透氏那样显出自然界微妙的感味，确是很难得了。所以现在要讲印象派的画家，就不得不推透氏为鼻祖。英国自透氏死后，就没有相继的人，但是离透氏死后的数年间，法国画家莫奈，深深地感受透氏作品的影响，专从事忠实自然的描写。同时用科学的方法，把自然分析和再现，差不多莫奈就是依了透氏同一的方法向自然界去继续研究的。然而七十余年前的透纳，可以说是感化着太阳的恩惠最有力的一人，也就是开拓现在新艺术的一位恩人！

到了印象派诸作家的画幅上，又把自然界光的辉煌以及零雾气的感味上，再努力地开拓，结果，画面上的色彩更加一层鲜明，差不多用绘具的明亮，已达极点。印象派画家，在新感味收获的热烈时期，凡是颜色经过一度在调色板上调后，总觉得失去鲜艳，于是用纯粹的色彩（没有经过调练的)作一种点彩描法。所谓点彩描法,是用一小点一小点在画布上排列而成,用这种绘具不混合别色全力点到画面上去,固然增加了色彩的强力,但是一变从来的描法用这种剧烈过分的色彩,往往浮在画面上不能着实。还有一层:印象派作家,太把物体的形态模糊,所以画面光的部分,反而有了损害。要晓得这种锐变后不同的型式,在那时不过趋骛新颖,我们虽不承认古有的写实主义便是相宜,但是这种偏于一隅的印象,也不能说比从前来得怎么妥当,因为他们是做了自然的肖子,只铭感着自然在再现上做工夫,把"自我的表现",消失得干干净净。

现在有许多后起的优秀作家,因为觉着印象派太集注于一端,又明白印象派所发现的特长——色彩——竭力地修养作者自身的表现。表现出纯真的"美的灵魂"。但是照这种的努力,一方面是跟着时代的锐进,一方面也不能不说是受着了印象派的反动而起。自从高唱色彩以后,对于从前用焦色作低调子的绘画,确消灭殆尽了,这确是印象派的最大的功劳!

总而言之:绘画上"印象"二字,并不是单指印象派而用,是一个可以广义应用的名词,也不是印象派画家所专有的。就是最近的绘画,也都是由作家的印象而起。简括地说一句:没有深刻的印象,便不能成为艺术!

原载 1924 年 9 月 14 日《时事新报》

欧洲表现主义小史

（一）

最近德国对于艺术上表现主义的提倡、实行及批评，非常狂热，关于表现主义的著作，已经有了数十册，但是这表现主义的理论，依着许多批评家的批评，都有些不同。像 1914 年爱鲁曼·勃鲁所著《表现主义》一书，凡印象派以后的反印象主义，都加以表现派的名词，又把未来派和立体派也包括在内。马克思·拉斐尔 1920 年所著《十九世纪的绘画》书上，认鲍独拉是表现主义的画家，又把高更、塞尚、凡·高三人断定是从主观的自然主义而移入表现主义中过渡期的艺术家。照这二人的著作，就有大相径庭的地方。也许各批评家对于作品的解释，有了差别，所以大部分关于表现主义的见解，也不能一致咧。

从文艺复兴以来，几百年相沿下来的"接近自然"，一旦脱离，努力地走入反对方向，这就是欧洲最近艺术的倾向。这个倾向，是要把主观在客观的拘束上解放起来，同时把自己表出！这种解释，爱鲁曼·勃鲁著作中包括得最广。不过他把晚近画界新运动的诸派，综合在表现主义的名称之下。这篇东西对诸作家都依自身的观察，及其倾向上着手，本文把表现派看狭义的，虽然同未来派、立体派做分别的考察。因为是在狭义的表现派当中，仍不免带着许多立体派的倾向和未来派色彩。

1920年马克斯·奥司朋所著美术史《现代美术论》，把塞尚、凡·高、马蒂斯、高更、霍独拉及欣义等，做表现主义重要人物，又把立体派、未来派区别很详。还对于各国代表的作家，都略有提及下面所说的，差不多是依据那书的大体，因为从各方面关于表现主义的论文上节译而成，所以题目已改为《欧洲表现主义小史》。

（二）

表现主义的名称，由来没有判然明白。这是19世纪末叶到20世纪之初发生的一个新术语，大概是对峙印象主义而新造的一个名词。从许多人立说上看来，最初用"表现"这个名词，是法国亨利·马蒂斯。虽然马氏为自己追求艺术的目的上加表现这个字，但是为什么成功艺术界上的新名词，倒很有研究。有人说：是1901年法国画家乔林·奥古斯特在自己作画的统系上，先适用这个新名称。但是一班人用这名词，确是从乔鲁勃拉杂志中的一个美术批评家乌在鲁竭力创说出来的。

表现主义从外部所受的印象上，最轻视忠实的描现，他们要把艺术家自身内部的律奏、发酵、冲动等，像眼睛看得到那样的描现，来认作艺术的真谛。所以他们说，凡是重形似的描写，就是做外界的奴隶，一定要从主观的活跃奔荡来改造外界的变形，完全是隶属于自我的努力的。换几句话来说，解放主观，克服对象，创造权的获得等，是他们的要点。因为用这种说素做主要点，所以有充实色彩的表现和雄大劲苍的轮廓。凡是形态的细部分，最被他们所轻视，能够简略地方，竭力使他单纯化。因此，他们所表现的东西，往往变为歪形，他们的作画，都要表出从自我的熔炉中所创造出来的形态，不愿从自然的现象里产生。他们以为最初的人类，并不是服从自然，原来具有同样的资格，所以从创造的地位做立脚点的。因为如此，对于文艺复兴以来尊重的自然，以及接近自然做要谛所开展出来一切的艺术，适当着他们最大的反抗，所以他们的艺术，绝对不依据传统的式样，是用感情的传达而成。

表现主义探索的地方，专用情感与情感生活实现的可能性上而起，如黑人的雕刻，自然民族的艺术，古代的绘画等，更进一步，用小儿及农民的美术来援助的地方也很多。有了这种探索的结果，于是打破从来一切形态世界的运动，亦渐渐猛烈。法国亨利·卢梭（1845—1910）用至纯洁的心灵，作成一幅小儿样的作品，他那画上所画的风景与人物，有种像玩具那样的特性，全幅深布着梦想憧憬的光景。洛倍鲁·德劳内不满足实现界既成的现象。把自己自由的空想另外开拓一种新实现，艺术上形态的变歪，到了他的时候，更加显著了。

（三）

从逃出服从自然主义而进于克服自然的表现主义，同德国民族的性格，非常融合，所以在德国艺术界上忽然把这表现主义风靡全国。这表现主义到了现在，德国已做了世界的中心。现在我们要探寻这主义所发生的痕迹，又不得不从另方面说来。

在新世纪初叶，在米亨有新艺术家同盟会成立，当时集一班新艺术主动者，聚于一团，其中还有许多俄国人亦加入德国的新运动中。这一派，是最先采用表现主义的原则，更加以立体主义的结晶，描成独自的一种形态，这个团体中，最有才能的，要算参加大战战死的动物画家法郎慈·麻罗克（1882—1916）。

他画动物，不是实写外部，他要把种属的本性上，描出从无意义达到"生"的能力，在那种本能生活具体化的动物上，精神与自然，灵魂与现象,他都看作是一个神圣的统一体了。

另外还有个青年艺术家团体,都是努力在要达到新表现的,其中显露头角的画家,也不胜枚举:制作大规模风景画和装饰风的宗教画,有爱立企·海克尔(生于1880);彻底把单纯化贯通的,是加鲁·休米笃鲁夫(生于1881);就中最杰出的画家是辟西坦列(生于1881),他的人物和风景的制作上,是有健全的世界感觉和纯真画家的气质,他又喜欢像高更那样热带地方的生活,表现热烈的光或土人朴素的原始生活,都以简单劲苍的笔致和强烈的色彩来描现的。

在德国北方,最早把深刻感情在表现上努力的,是一个女画家伯拉(1876—1907)。这个女家画的出发点,是从乌鲁普司乌达派中的情调画而来。后来渐次脱离了那种情调画,确做了表现主义的先驱者!还有个孤独住在北方自己修养的画家爱密·鲁奴达,他是从印象派的作风而转入大规模自己的艺术,他画面上灼热的色彩,都是内部生命强烈的表现,他制作宗教画,亦是依雄壮的笔触和强烈的色彩,超越传说的材料,专示宗教的虔敬紧张、感激等特殊之点。

(四)

奥斯卡·珂珂希卡(生于1880)是奥国的表现主义者,他的艺术从印象派转移的痕迹,显然可以认识,但他不是单把丰富色彩做技巧的表白,他重于"面"的地方同别的表现派画家,最有区别的地方。但是他的目的,不是像印象派那样分解表面,不论风景人物,都显示很深奥内部的实质,他所以成名,大半还是由肖像画而来。他常用自身精神化的力,强烈的感动,综合的色彩所现出各种调子,不单在色彩,还把绘画上优秀的知识,在对象上不能见到的内部包含,都能显著地浮于画面。外现象的解剖,到了他的艺术上,一转而为精神方面的解剖。从前作肖像画,都描其外部的神气,但是珂珂希卡画的肖像,把那些神似处,确暗藏于深奥之底。外部的热情上，完全用种技克式的表现法。技克式艺术是种过去、非自然的装饰风艺术，当时最唤起一班青年画家的注意，那种艺术的主要表现，不适取外界所受的东西，要探索侵入在内部潜在的秘密。所以构图的研究，也是依这内部的关系，向新的改造方面努力。

德国对于表现主义的新刺激，经过不久，又从俄国方面也相继崛起而流入德国，从此他们更进一层强烈的"表力"。马克起古鲁在别国人没有一个不知道他是俄国艺术家中的杰出者，他是用空想力创造一种素朴的童话世界，在这个世界里，受塞尚绘画上的教化，卢梭小儿样的观察法，及未来派式的凝结等，都是他艺术的要领。其中还有个俄人康定斯基，在这时候，他的艺术更进了一步，到底把自然完全脱离，在绘画中专表出感情的认识，形态和色彩在节奏上都由内部音乐的影响而来，画面上以感言捕捉所表出的地方，只有一些暗示时的形态。他作的画，用意识的，不过是油画板而已。至于他画面上那些纯粹的色彩，完全是在神秘的生命上追求的。所以他用的色彩，单从色价均衡与对照来表出一种意味的。

康氏苦心研究的结果，画家中非常受他的影响，只要稍为追从的他轻蔑一般形式的作风，就要承认色彩的感觉和音乐的表现来做绘画的目的。俄国出了这几个强有力的作家，后有一班追踪和共鸣而起的画家，竟把他们的真义误解，一时随笔断涂，极端放肆的青年画家，层见迭出，于是俄国表现派的内部，就生起了微波。

表现主义思想的形式和原则，到了现在，虽然风靡全欧，但是这主义的本质，与其说他近于拉丁民族，还是近于日耳曼民族。为什么呢？因为日耳曼民族受这艺术的影响非常强大。法国人对于表现主义，因为用哲学的审察，又不舍把自己的趣味艺术的传统全然放弃，所以近年来比较上要算德国和俄国最兴盛，也可说是德国和俄国艺术的光荣！

这篇小史写完，我便生起一个国内习西画的一些感想。我国近来有一部分画家，因为根底上的技术没有下过深刻的研究，随便像欧洲一般青年作家不知其内容而专在表面上模仿，弄得不成其为画面，这是一种于国人于社会都是无益的举动。凡是艺术，不能失去自己的感觉，不能失掉技巧上应具的条件，所谓表现主义的绘画，在目前的中国，只能知道它的理论，不能模仿他的表面，这是我屡次申说的！

原载 1933 年 9 月 10 日、17 日、24 日《民报》

绘图上印象概述

从来解说绘图上"印象"这个名词,仅指着限于研究色彩为目的的一派描法。但这种解说,似乎陷于狭义方面了。我以为凡称美术的制作,大概都是由个人的印象而成,这印象也可说是从作家经验的历程上反映的东西。现在西洋画家,对于印象的动机,除不了下面两个条件。

一、从古人决定绘画上的描法以做自己的参考。

二、从作家本身技术上联想到极端的印象派画法。

有上面两条件的作品,虽不能称为"印象画"绘画,但"印象"的意义,确也包含在内。以前专用印象派命名的作品上,单依光来做描写的目的,那几位如莫奈等的作家,竭力在接迎自然上专一的。他们对于古人决定的描法都很轻视。我们从那些独树旗帜的表现上看来,只能认为是一种画术发达的研究材料,至于他们所占有的"印象"名词,还得要分别来解说解说。

西洋古时画术上所谓印象,是注重在形状和物体上那种运动的关系。色彩方面,并没有顾到,所以在 17 世纪以前的画家都不是从色彩上着力。那时候画家的印象,大概仅指画家表现力的周密而说。17 世纪以前的画家,对于形状、光线、阴翳等有很精细的观察。人物画上描出的衣褶,以及人物动作的表情和感觉,也都有苦心的研究。现在人的眼光看来,那种绘画,叫做"实写",其实亦是由各作家的印象而成。但是在幻变的光中依研究色彩做表现目的的,从前画家的作品上,确是没有见过。从这种新方面来研究清新自然的美,还是在英国画家透纳以后,以前的画家都偏于作人物画,风景画也是从透纳以后渐渐发达乃至盛行。

从前画家都喜欢用蕉色(Sepia)表现太阳光时候,绝对不使用明亮的颜色。要显亮面,就在阴翳上加暗以衬托光面的趣味。自然中光辉灿烂的色彩,从富丽色彩的浓淡上加减而创出新规律的,就是透纳。透氏凡使用色彩的调子,不论浓淡部分,都提高一段,专在逼近自然的描写上研究的。透氏最得意的杰出,都由这色彩上而来。从透纳死后到现在隔开了七十年,其中虽也有许多大家出来,但是要照透氏那么样显出自然界微妙的情味,确是很难得了,所以现在要讲印象派的画家,就不得不推透氏为第一人。英国自透氏死后,就没有相继的人,但死后的数年间,法国的马奈等,深深地感受了透氏作品的暗助,就拿透氏同一的方针再去续继研究。所以七十年前的透氏,可说感化着太阳的恩惠,在无尽藏自然中研究最有力的一人,也就是开拓现在新艺术界一个恩人。

到了印象派诸作家的画幅上,又把自然界光的辉煌以及雾围气的趣味上,再用努力的开拓,开拓的结果,画上的色彩,更加一层鲜明,差不多用绘具的明亮,已达极点。

印象派诸作家,在新趣味收获的热烈时期,凡是颜色经过一度在调色板上调后,总觉得失去鲜丽,于是用纯粹的色彩(不经调练)作一种点彩描法。点彩描法,是用一小点一小点在画布上排列而成,用这种绘具全力不混合别色点到画面上去,固然增加了色彩的强力,但是一变从来的描法用这种剧烈过分的色彩,往往浮在画面上不能著实,还有一层,印象派作家,太把物体的形态模糊,所以画面光的部分,反而有了损害。

要晓得这种蜕变后不同的形式,在那时不过附趋新颖,虽不能说旧有真实的形式相宜,但是这种描现的方法,确也不能比从前来得正当。我以为印象派作家的艺术,正是一得一失,得的是:一变古来暗淡的色彩。失的是:把物体的形状太轻视。

现在有许多后秀的作家,因为印象派太集注一端,又明白印象的表现与从前描法上的美点,适为一个反的比例,所以依着了富丽的色彩,仍用古人发现的描法在自然界的大体上追求。这种折衷的描现,大概是受了印象派的反动。说到从前印象派作家自身,因为抱着极端的色彩鲜明主义,确也没有想到这一点。但是从高唱色彩以后,对于从前用蕉色作低调子的绘画,确消灭殆尽了,这是印象派最大的功劳。

研究艺术,不必讲什么派别,先有艺术的表现,然后有派别的立论,并不是先有派,然后生艺术的;如果轻蔑了自身切实研究的技术而专讲派别,往往要走入迷惑途中,我觉得研究艺术的人,最紧要是明白自己技术,倘然把绘画技术的纲要疏忽,仅趋附于流行的画风,不免流于轻浮。虚伪的东西,绝不能入艺术之宫做艺术之王。

附注:我这篇文章,因为限于题目,只涉及印象派。其实印象派以后,还有许多可说的话,好在我讲的是说明"印象"二字,是可以广义应用的名词,并不是印象派画家所专有的。所以把印象派的由来及其得失,特为提出来做这篇东西立论。至于印象派以后要想说的话,容再述罢。

原载 1923 年 2 月 22 日《时事新报》

论创作的艺术

艺术之创作，是作家全人格之反映，何谓全人格反映？即人格之光辉向外放射也。言其内容：则包含性格、思想、感情以及其他。

艺术家之人格，其赋予作品者，是种为生命证据之个性。故生命向外涌现之作家，其自身内力亦必向外奔放。奔放之际，有种伟大的光彩，不过在这伟大的光彩之中，有善有恶，有美有丑，都是自己内心必然的流露；然则有许多人作画，常把自己生力向外的光辉湮灭，仅在技巧上描头画角，这类人，还常常崇尚模仿。模仿品虽然能够十分精致，但是把艺术的真价值完全失去了。因为一幅模仿的作品，纵使他描写得怎样精密，绝不能再现原来作者的个性。

艺术品里赋予作家的人格，是遍于一切的部分，就像外面的技巧，构图的配置，乃至对于自然的观察，无一处不能见到作家的人格。原来人类对于线条、形态、空间和色彩的感情等等，是有种普遍的法则，艺术家都是本能地或有意地遵守着它！但是遵守的法则，便依着他的独创性来决定，仿佛人们的走路，都是运动两只脚，这虽是遵守生存上普遍法则，但是有人行动时向前拱，有人行动向后曲，有人乱跳，有人慢踱；

那千差万别的地方,正是各人性格不同的一个证据！艺术家遵守那艺术生活上一般法则,也正是一样。

在绘画上描写之物,有时虽然没有完成,但确有作者主观中燃烧的想像存在,就是在作品的各部分上,莫不赋予作者的生命。譬如一方新鲜明亮的绿色草地,在忧郁沉闷的人们看起来,更能把那些绿色透出一层鲜明。在他们表现起来,或者更显出阴沉浓郁的自然深度,或者依新绿的活动而描出伸涨自然的衷情,或者在他们的作品之底,暗藏郁闷与沉默的深度,概而言之:依着作家情感的相异,各具有不同的生命。从这样看来,绘画绝不是描写原状为满足,是要在作家主观与个性的基调上努力,以期捕捉对象内面的生命。不过从生命燃烧上迸裂出来的作品,很容易使人误解,像罗丹雕刻的肖像和塞尚,凡·高等之自画像,普通人只知道表面之像与不像,谬加批评,确不知各现其内心的伟大！所以没有深尝艺术滋味的人,便不能深知艺术内部的意义。

如果艺术单像过去的写实上讲,我们不得不推照相术为最优良。但是近代的艺术品,并不在像与不像的问题上,应该要看作品上对于作家主观的闪耀到什么程度,至于客观的微细部分,艺术上已成了过去的长物了。所以现代的创作品,不能拿对象相像与否为衡,只能问:主观的生命燃烧到什么程度？能够从这种要点上追求,才能得见个性与人格的显现。要作品全体有韵律的发现,全在生气律动的感激上与自己主观互相振荡,自然的韵律,就是自己内心的韵律,内心的韵律,成为笔触、手法、绘具等等的韵律。制作时候,都要互相呼应而移植于作品之中。所以真倾注自己全努力的创作,当具有异常的热忱。

单描写外面的作家,他对于物象内面的意义,绝不能用韵律的表现自己之情感,放弃外面形式的作家,是捕捉物象内面的生命以表现自己的情感,同时在他们作品上便看出极有深味的韵律。后期印象派及表现派的作家,都是倾向于捕捉内面生命的！

像写实派那样描写外面的,是努力于美之再现,他们只为把一切事物写照和修饰，并不顾及什么内面。至于探取物象内面的，并不想及事物之美丑，他们已超越乎美丑之境地，把人格之表现，当做唯一的目的，已切实明了艺术的绝顶并不是美，确是表现！美，不过是属于表现而起的现象而已。

现代的绘画，常从习俗所谓厌丑的物象中探索表现之道。像凡·高《牢狱中之散步》和《一双破皮鞋》等题目。在以前，绝没有人画这一类的物事，然而一经凡·高的表现，在习俗所谓厌丑者，也能启示有意义的深渊之美，凡·高的笔触和色彩，都是他情感的象征！

说近代的艺术，是情感的产物，谁都承认。在表现时候，虽不能离开自身的思想，然则思想的变化，确还是随着情感而来。在创作的发现上，不能用理知去限止，完全依纯洁的心灵而起。倘使矫揉造作，绝不能认识真生命的闪耀，借用人家的画来装饰自己的画面，拿过去的形式来做代替宣传工作的那班人，永远不会得到艺术的真谛。

纵观上述：艺术并不是偏重表面之美，第一，要深究潜在内奥之美。现在我国的国画家和新进的洋画家，大概没有注意到这一点。看到中国的画坛上，似乎只要提出表面之美便为满足。但是表面的一些美，总觉得万分贫弱，那种贫弱的作品，就像没有灵魂的蜜蜡美人一样！但是没有永久无限的美倾入内部的作品，便容易消失。一国的艺术，如果都陷落在这样的贫弱状态之下，那就糟了。

原载 1925 年 3 月 19 日《时事新报》

东方过去的艺术

　　"打破传统"，"否定过去"，是近代欧洲艺术界上不断的呼声。这种呼声，吹染到东方，东方的艺术家，也觉得有同呼合唱的必要。然而听到东方所合奏的声调，只是日本人提高了嗓子在岛上呐喊，我们中国的画家，到现在没有一个人起来共鸣。要明白这里面的原因，不得不从东方过去的艺术上阐明一下，我还这个题目，竟亦在此！

　　中国绘画上的道统观念，向来很深，古代有许多大艺术家，虽有创开伟大的局面，但都是由前派艺术的引诱而起。远的且不多谈，只说近代的绘画。近代的绘画，都受着明、清两朝的引诱而起。艺术有前时代的引诱而生起后时代的精神，是当然的启发，一考我国古代的艺术上，饱含这种可能性，然则近代的画人，我总觉得缺少了这种可能性，因为近代的画家，只在传习的艺术之下做先人的"守护者"，只会在先人的作品上，做"复制"的工作，不会向自身继续启发；这种惰性，便把中国的绘画，衰颓得不成样子。

　　我们要研究东方画的源泉和明白古美术的精华，不得不把过去的美术上去下一番探讨的工夫。过去新式样的表现，当然要合乎现在的时代精神，要连续过去的艺术，非有自己的生命和自身的面目表出不可！过去所谓一种新式样的功业，只归纳于创见者一人，其他的党徒，总觉得薄弱一些，因为他们在横的方面，是模仿当代的一个人，在竖的方面，是偏重过去的传统；历代出过大艺术家的下面，都有他的徒子徒孙，固然艺术新式样的创始者，不可多得，但是我觉得做人家徒子徒孙的那班人，都是艺术上的羸弱分子。

我们从另一方面想来：人间并没有真的创造，所谓创造，就要看各人所择的途径和所认的目标如何？譬如有的人二加三，成为五，有的人，一加四，成为五，加法虽不同，答案是相同，二与三，一与四的实质上，也还是存在的。艺术途径的选择，就看各个人的性情去定的。

还有一说：我们的血和骨，固然是过去传来的，但是各个人的心，不能不说是受着他种的影响而起变化。研究艺术的人，受着良好的影响，便能使他渐成优良的艺术，也能使他创开艺术的式样。如果艺人的心上没有灵的性能，绝不会达到高超的境域，麻木了这种心灵的运用，只能做种平凡的东西。

照上面所述，我们可以得到下列二点：

艺术可以承前代引诱，而不能不更向时代的进展。

艺术要创开新式样，必须有作者心灵的运用。

东西洋艺术的差别，本由自然与环境的不同而起在不相同的自然与环境里，经过了长期间年月，就有了人种的、民族的差别；艺术亦因此而异，所以历来的绘画上，就分出两个极显著的源泉。东方绘画的源泉在中国，西方绘画的源泉，在古希腊罗马。两个道统，似乎有了一个界限，西洋人是西洋的，东洋人是东洋的；然而在过去的艺术上其中究竟不同的地方在哪里？此处也有说明的必要。

西方人从一分别为十，是他们的长处，东方人抱十归纳为一，是我们得意的地方。自从有交通以来，双方互相采纳，尤其是现代欧洲的画家，很见到有着东方美术的影响。西方人近来不仅是把东方的情调做一种调剂,而且在十归于一的地方,也是奋力进取的!

什么叫十归纳为一,一分别为十呢? 简单的解说:东方的艺术,是综合的,西方的艺术,是分析的,我国古代的画家,致力于"静观自然",用自己的心灵,把纷乱的自然界,常捉住一点或一线,在一点或一线上,赋予自己的生命,没有用科学的方法分析的。但是我国古代画家有个至上的目的,这目的就是"传神"。所以往往把形式"单纯化"了。西洋古来的画家,致力于"写实",以客观的描写忠实为贵,所以常用明暗色彩捉住物体的正确。18世纪后半期,更依科学而从事分析,目的在"再现",所以我就定个名词,叫做"十归纳为一","一分别为十"。

古时我国画家,喜欢模写先人的作品,但是他们在前人作品上的模写,并不是"复制"的意义。他们是要藉先人的作品,研究传神,更从自身另辟境界。在古代画幅上也有写着"仿""摹"等字样,这或者带点谦恭态度。不过到了近代,把先人的用意弄错的画家很多,我近来听见人说:"西方人把自然做自己一部分的对象,东方人把自己做自然一部分的对象。"这两句话,也说得很有意思。可是近代的画家,只会印版式的"复制",只会"食而不化"地看了画幅死临:这全然误解了先人模写的用意了!

过去的风景画,宋元时候就盛行,赵子昂点翰林的时候,意大利刚才有描写壁画! 在西洋风景画独立,是在赵子昂后数百年。至于印象派画家莫奈、马奈等在外光研究光线和空气的事情,我国几百年前的画家,早已得到真髓和神韵了。

综而言之:中国过去的绘画,有缥缈的仙寰,有空灵的净土,可说是妙造自然,已达上乘,所以古人的画幅上,只有引人入胜而一点没有压迫人们的烦恼,实在使我们恋慕不尽。西洋人现在所唱的"打破传统"、"否定过去",日本人跟着不怕倒嗓地狂唱,是有日本人的理由,因为日本的艺术,原来都是外面所吸受。绘画上,虽也有历史,可都是外打进,并不是里打出的。我写这篇文章,并不是主张艺术复古,确希望同志在现今时代上来"做艺术复兴"的运动！要复兴我国的艺术，就不应该忘却东方过去的艺术！

原载 1924 年 8 月 24 日《时事新报》

东方未来的艺术

我在前期本刊上，曾写了一篇《东方过去的艺术》，因为限于题目，没有把未来的艺术说个大概，现在还是不宁地在我的脑筋里回旋着。所以继续着上期的"过去"，再来说说"未来"吧。

大凡要预先推测一件事是很不容易，艺术的预言，更是困难。过去的艺术，容易追述，未来的艺术，便难推测；然而我们现在抱了种对于现今艺术上不满足的遗憾。常常要把他前后左右去着想，同时也不得不有个补足遗憾的希望，我想这种希望，在诚实研究艺术的同志们，都具有的呢。

艺术原来是作家自身技术、情感、思想、独立的东西，但是很容易被周围的环境所左右的，这是我们在过去的艺术上，已数见不鲜。到了现在艺术的一部分，我们不能不看作是科学，但是从情感上观照起来，却占着极大的部分。至于艺术的本体，差不多是没有了。各个人的思想，可说都从这情感的阴翳上生出来的。譬如十个人，有十种情感，在这情感的大海中，只要有了一些振动，就要在这种反动上，生出无限的小波；所以我们要揣测未来的艺术，似乎很不容易，但是依我个人的见解和观察来做个预言者，也未尝不可。

艺术常依前代的引诱而生起后代的精神，所以要说未来的艺术，还是要从过去上来追述的。西洋的艺术，在四五十年以前的一班美术家，还是尊敬名师、大家和种种流派，那时候都是受技巧上的束缚，说不到自发的精神。到了今日的作家，虽不能绝对将以前尊敬心一概抛却，差不多把自己的人格，自己深深地认定，同时向自己独创的途上进行。我们看到现在西洋新作家的技术上，都有个"独立"的可能性。那些画家，正像一城的城主，各有个的权威，各有个使用的方针，绝不肯妄然地附属在别的技巧之下。

"艺术是作家人格的反映。"过去二十年间西洋的作家，都当做唯一的信条，现在的制作，不论技巧成熟与否，在作家本身，绝不肯失掉这种精神！

西洋美术界，在前世纪中叶有个美术预言者，名叫拉师根，他说："古代和中世纪的美术家，都偏重人物和肖像画，预料将来山水画一定要和人物画同样的繁盛。"……从前世纪后半期直到今日，果然风景画的势力扩张，印象派、外光派在前世纪末叶大运动热烈的期中，也都是从研究风景画上得到许多有意义的结果。再从印象和外光出现的前后状态上观察起来，在美术界生出意外现象的很多。前世纪之初，打破三百年以来追求理想的希腊罗马的美术，大声疾呼地把艺术都要"归纳于自然"，那时候用科学的方法来厉行绘画，不论什么地方，都倾向在研究写实方面。他们的目的：用稳实的技巧，专事真实的写形。在1870年前后，欧洲画界受了科学思想和技巧主义的反动，又把这绘画上唯一目的的写实，认为他们是种照相术。当这样排斥的时期中，另外又有一方面开辟了新的途径，从这个时候所开辟的新途径上看来，他们所追求的，是受着东方美术的冲动。装饰风的中国画，在排斥写真主义的欧洲画坛上，非常活跃，那时一般艺术家盛倡装饰主义的美术论调，也很狂热，于是东方的绘画，在欧洲竟占了偌大的势力，现在概括自然的印象描写，却是倾向于这一方面，最近所谓表现派，重于精神的地方，更和东方的绘画相接近了。

原来欧洲人对于装饰的感味，不甚深刻，他们的文明，大体是追求"真"而来，所以美术亦是从"真"的方面研究者占大部分。他们对于日本的美术，很感得装饰上浓厚的趣味。日本美术的特长，果然有丰富装饰的感觉，但是欧洲人从真的方面觉察，就要研究到日本美术的根源。讲到日本美术的根源，完全是由中国的一株大树上生出去的枝叶，所以同时欧洲人研究到中国的古美术，无形中有个真理所在，纵令日本人怎样地自吹自打，却逃不掉娘家的来历，说到这里，我们也不得不回想到中国的艺术。

中国的艺术，固然有受着印度的影响，但是绘画上历代由自己的根源而起。回顾二千年来的绘画，蔚然可观，祖宗不可说不好，可是子孙实在太不争气；到现在的艺术，已成衰颓的气象，所以衰颓的原因，大半是作家忘记了自己，专以崇拜古人为能。一看明清两朝的画面上，已显而易见中了这个摹仿的毒。在明清两朝大多数的画面上，都是写着"仿"、"模"、"临"、"橅"等字样，那班作家，仅拘束在古人的画幅而不向自然界去交涉。古人的作物有限，自然界的妙味无穷，藉自然的铭感扩张自我之心灵，成为有生命的艺术。然而这都是由来国画家所忽略的地方！依我个人的推测和见解，要振救中国画的堕落，就要用西洋绘画上的"真"来研究。我们研究西洋画，并不是借用西洋画家已成的技巧再来束缚我们，又不是为他是种流行的技术，不过是一种补救的方法。

西洋画自零碎地输入中国以来，不过十年，在这十年中得国内同志们热心的提倡，比较上有些成绩，然而单是贩运式地介绍些欧洲绘画的外形，把自国的精华埋殁，这种"出主入奴"的改造，倒是灭亡国画的危险现状，我们总要把外来的优点，融化于国画中，仍根据东方艺术的系统，在国画上创开新时代伟大的局面。未来的艺术，但望国内同志努力！

原载 1924 年 8 月 31 日《时事新报》

东方绘画上的韵律

　　劈头先说一句：凡是没有韵律的绘画、雕刻、音乐等，不称做艺术。这韵律，就是生命的本体，东方的绘画上所谓"气韵生动"，从来就把"韵律"最特别注重的了。西洋的艺术论上我们常常看到 Rnytnm（含有节奏、拍子、律动等意义）这一个名词，这是东西洋艺术上相合的地方。绘画上的 Rnytnm，是在线条、调子、以及颜色配合中所包含的一种内力上面，这种内力，能使我们惹起无限的情绪和感动。正像音乐上的音，怎样藉自然的媒介，使它成为节奏，这完全要由内部生命的激动而来。其实表现自然的现象，就是我们心情中要申诉的一种音乐。

　　然而欧洲的艺术，在 19 世纪自然主义热烈的运动中，却把艺术上最重要的 Rnytnm 忽略了。其时偏重在外部现象的再现，所谓外部现象的再现，是专事描写时间的准确，可以做了自然的肖子。虽然其中也包含着诗的暗示，但是把自然现象里面所存在的形、色、调子上那些抽象的音乐的要素 Rnytnm 都疏忽了。这实在是个大大的缺点！因为在 Rnytnm 结合的地方，对于自然现象里面的形、色、调子等就有维持那充分表现力的可能性，艺术家情感热烈时候，只能申诉他内部心状的律动,绝不是用分析的方法去排列的。自然固是伟大,但尽在忠实地描写自然而不从自身心状中去熔化,就失却艺人的灵魂。

我觉得原始人的绘画和雕刻,都是内部冲动的情感表现,从他们的线条与形状上那种直截爽快而带简括的描写,最使我们容易认识。原始艺术,都从抽象的境地而来。自然现象、真理、雅致等名词,是后来追加上去的。等到有了那些名词,便把抽象的冥义和表现的力渐渐消失,因此,自然主义反而得了胜利。从自然主义兴盛后,又生出种种流派,流派中虽有不满意自然主义的地方,但是大半做了忠实的描写。经过了这样的变化,把原始艺术所支配那种抽象的线、形,便消灭无遗。这原始艺术的意义消失时期,就是 Decadenee(衰颓期),读过西洋艺术史的人,都能领会。

历来国画上的稚拙感,都含有韵律的意味,高超的国画,全凭作家心领神会的地方来做一种抽象的描写,常与原始艺术相吻合,像八大山人、石涛、石溪等绘画,最容易看到稚拙的感觉,但是在稚拙的感觉中,确潜伏着无限的情绪。

欧洲自写实主义风行以后,把艺术内部的精髓,消灭殆尽,但是到了现在,已成为过去的影子,现代欧洲的艺术,显出这稚拙感的很多,像塞尚、凡·高等的艺术,都归纳于内心的律动,一洗从来的恶浊,在艺术史上最光荣的一页。他们是嫌恶文明,从再现而变为表现,把稚拙的美,认作一种很热烈很清新的铭感。从他们深沉认识上而描出的稚拙感,并不是有意做作的,一定自己有了这种感觉,才能见到那种形状而描出那种形状。换一句说:是要依据作者主观的强烈和深远的程度而来。艺术家对于主观到高深程度,必定要达到稚拙感的美,这是艺术上极自然的一个进程。

马蒂斯的画上,尤易见到稚拙的感觉,他常用大胆的笔触和明快的色彩,可说是现代艺术主观最强烈的一人。

然则艺术上往往容易使人模仿,欧洲出了一个塞尚,不知添了几多塞尚的徒子徒孙。中国出了两个石和尚（石涛石溪）也不知添了多少石和尚的子孙；在人家画幅上盗窃而不知羞，这都是堕性的画人！原来呢，高超的艺术家，艺术史上有得几个，不过不从自身启发专事模仿，怎能创出内部的韵律？没有韵律的艺术，满布中国，实在糟极！然而我们怎能觉悟自身？怎能引导群众？那全仗着一些创造的呼声！要是这一点创造的呼声也没有，更不堪言了。

原载 1933 年 1 月 28 日《民报》

　　民国十七年(1928)秋至民国十九年(1930)冬,我在欧洲过了两年多探索艺术的生活,取道由西伯利亚归来,经过北地而到上海,觉得最近三年间,国内多了几处私人创立的艺术学校,学校尽管多,但吾人既负提倡艺术的责任,应该在时代艺术上有个标准。我所谓标准,不仅在艺术教育,即在纯正的艺术上,更须特别注意。要是没有时代艺术的标准专在过去的遗迹上揣摩,可以说,再过十年二十年,还是同现在的情形一样。

　　欧洲现代的绘画,都在蓬勃地产生新兴的艺术。绝对尊重个人的技术,自由手法,自由思想,闯出一条新的途径,是艺人应有的态度。"打破因袭,接近自然而不为自然所束缚",这是现代新兴艺术家的标语。我是画家,仅对绘画的内容提出来谈谈,别的如雕刻、音乐等也可相提并论吧。

　　画家描写对象,不是叙事,叙事只有表面的描写。写自然,亦不是仅在外部。现代的绘画,须从内观的意义上探究。何为内观,凡外部的感觉,须根据沉潜的内心而起。画家对于自然表面的美,也不是单照原状描写就算了。先有内心的激荡,再经过主观上的熔冶而成自身的收获,这是在沉潜力上所得的结果。换句说:虽描写外部的物象也要从内部的铭感上倾溢而出,我们要想发现外部的力,先须在内部沉潜中下领会的工夫。

常人描写一种寻常接触的物体,仅依视觉。按物写真,只可说是种平凡的技巧。这类作家,要流露他伟大的生力和人格,是不可能。近代艺人塞尚和罗丹的"力"绝不在外部,他们凝视内部,而且能将自己彻底地向沉潜上努力,因此,能发现他们伟大的成功!

不论雕刻、绘画、音乐,其注视点都相同,从来名为艺术的作品,也都具有这内观性。优良而有恒久性的艺术品,须捉住其品性的深渊。表现自然或人事,都要有这种努力。不但深入物体的内面,而且要诉述艺人内心的伟力。

肤浅地解释自然,只要描出外部就够满意。其实一度经画家的反映,那些基调,已经融和艺人的力量,同时还附著生彩力和清新的感觉,所以仅求表面而不去凝视对象和内心的扩张,绝不会得到清新的艺术境域。罗丹和塞尚今日能放射灿烂的光彩,吾人对他们的遗作,赏玩而有无量的深味,其标准就在于此!看罗丹的雕刻,塞尚的绘画,令人顿起悠然清净的心情,这就是他们不单是凭概念的思索与抽象的考念,完全深掘到内部的。

依概念的思索与抽象的考念,敷衍制作,是平凡艺人的作为。那种用平板的思想,没深度铭感的作品,简直没有价值。所谓优良的艺术品,在彻底明了描写的对象上,更使其有深邃的意义。

按事实而论:我们所有的观念,是有种普遍性的。人格的光辉、生彩力,以及伟大性,未尝不依这普遍性而生。其所不同者,要看个人所具普遍性程度的深浅。至于内部观照的意义,也潜伏其这个里面!作家有澄清透彻的观照力,他的作品,不惟由苏生而添增生气,并且还能浚发他内部的观照力。用这种标准去开拓新途径时候,就不是单在描写,必定有潜伏于自然内部的力。投入自然内部的自己,无形中与自然合为一致,到这时候,自然的力,可以赋予在自己的"生力"上了。再进一层,更能飞跃而展开局面,绝不会单描平常类似的事物,创出特殊内心的流露。这样表现的全意义,可引用中国向来两句术语,叫做"超以象外,得其环中。"含内心的技术,其功的效果,都建在内观与沉潜基础上!

前段所述:观点不仅在外部,是依自己的沉潜和内观的深度上所获得的。那末,对于人生、自然、欢乐、悲哀以及一切环境的现象,非归还到自己的内部不可。如果跟随在平凡的单调的生活之下,很容易使我们的生活疲乏。其实艺术家,很容易得到清新而不虚人生的生活,要探寻这种生活,万不可跟在平凡足迹的后面,非去开辟一个新的途径不可。艺人生活,先要把握其新感觉的彻底,终能发现新生活的意义!

所谓描写,不仅是对于表现忠实的对象而言,忠实于对象,固然重要,却并不是在第一个意义上。总之:描写时候,非把物象的确实性、灵魂、深度等捕捉和认识不可。潜伏于自然之里的生命,映照在自己的心目中而使其感觉深刻,才会由心境中表出。这并不是单在自然主义和理想主义的境地上,实在要把所有的事物,浑然一致,创出一个神的境域。假使只要模仿自然的逼肖,那就等于摄影一样。我以为名为艺术的作品,在作家绝不能缺少特异闪跃的精神。

作家既能达入创作的境域,那些自然神妙,全然会羼入他的作品中。在心境上,有知的直观和感的直观两种。要透彻凝视自然界深奥的所在,就要运用这精确和敏锐的直观!

创造并非凭空而起,在直观的前面,还要有健全的技术,有健全技术,再不绝地探求,要充实生活的活气和魄力,闯出自身的生命。新兴艺术,虽然在新的方面去认识和追求,但已往的艺术,同时也有探求的必要。胎孕优良的艺术品,其标准也在这里!

新兴艺术,在现代不必分国界,完全是根据作家的内部,不绝地在内观和沉潜上努力，当能反映作家的创作。这种创作，都可名为新兴艺术。

原载 1932 年 5 月 10 日、17 日《民报》

艺术概述

　　文化的向上，是人类所期望的，但文化与艺术是有至密的关系，也是人类不能轻易看过的一件紧要的事情。常听人说："文化的向上，但看艺术之如何发展，文化的衰颓，但看艺术之如何消沉。"这话不错，我们翻一翻过去的史籍，更可以恍然大悟。然则一顾现代国内的艺术界，新旧思想互相睥睨，互相对峙，并有革命的思想波及到艺术上几成一种混乱的状态。我们既在这种混乱状态之下治艺术，不得不把艺术之所以为艺术的原因，加以阐明，加以研究，自然是很重要的一个责任。

　　在太古原人间，就有了惊叹灿然的艺术。为什么会存在彼等的缘由，很有探究的必要，原始人在日常简单的器具中加以装饰，虽有人说是游戏冲动，其实还是出于"本能"的。本来人类有"保存自己欲"之本能，由此而成为增殖子孙欲，扩充自我欲，原始人类之艺术，实由本能冲动之发露而来，他们是要把客观的事物，从本能来体现自我，这不特原人如此，亘古至今，我们人类都赋有这艺术的本能。

　　古代的人类社会中，没有抑制纯真本能冲动的规条，所以那时的社会，自然成为艺术的社会。他们在野外叙集了男女老小，狂跳疾舞，赤裸裸地表现自己,那种血沸肉跃的光景,都充溢了诚真的艺术,同时在艺术之树,怒放了香艳之花,结满了甜熟之果,是何等的境界!然而几经惨烈残暴的战祸,纠纷政治的藤葛,错杂经济的变迁,艺术之树,可怜遭了这样的雨打风吹,不由得不使她萎缩。这是只要我们去翻几页艺术史与世界史,就可明白了。

滚滚涌出的清泉,隐潜于树叶之里而不能显,混杂了泥土,就成为涸浊,有的成为瀑,有的成为濑,有的成为渊。艺术原来是清泉,因为受着外界种种的状态而引起了极大的影响,人智的进退,也是如此。所以艺术的发展与人智之进步,是并行的。不是人智为艺术之起因,就是艺术为人智的诱发,两者实在有互相的因果。

现今人类,在艺术的本能上,并未见有退化,就是社会亦有潜伏使艺术隆盛充分的可能性,人间也广有艺术思想之浸润,但是我们常常因为个人的经济关系,不能使艺术有尽量地发展,受了生存竞争的压迫,便要抑制艺术的发展。艺术原要在人生旅途上,放出烂漫之花,使人们都从艺术上接纳馥郁之香而怀恋,然世间的平凡艺术家,往往趋于实利主义,不是为技巧所欺骗,就是为理知的科学所眩惑。然则实利主义在艺术上,实在是种可怖的吸血虫,它很容易使强健的艺术变为贫弱,所以艺术不能容实利主义思想所置喙,这是由来识者所大声疾呼的。

泛论一层,实利主义的艺术,全由皮相的观察,如果艺术仅为实利主义所诱导,不过成了表面的享乐,这好像为满足肉欲的美妓罢了。这种表面艺术,其精华已剥,其精神已被抹杀,使人类高尚化的使命亦消灭,只成了一种不具灵魂仅涂彩色的木偶罢了。现在中国的艺术,真像临深渊而盲步,蹈薄冰而疾奔。已成危险气象,这是我们亦不必讳言的了。但是实利主义的暴风,虽然猖狂,然燃于人心深处之永久灯火,绝不会因此而吹灭。

如上所言,艺术是人类的本能,这个本能,永远不会消灭其灿烂的光辉,然而世人往往忘却潜在自己内心的艺术,自己甘做前人的奴隶,愿做前人技巧的守护者,现在的艺术家却自居不疑,大有得意洋洋的态度,照这样的艺术,竟成了一种贩卖品了。这贩卖的起因,固然受社会化的影响而来,但其主要原因,大概人们视艺术为属于特种天才的缘故。现在要说明这种错误,略述天才与能才之间,并无划然种类的差别。

天才的创造和能才的创造,不能由种类而区别,应当在一般艺术的创造上,依其本质的程度比较而区别的。换一句说:两者之间,没有种类的差别,只有阶级的差别,能才只能遵照应顺时代的艺术法则而行,对于目的手段,用明了的鉴色,努力于成就美学的效果。天才是从无意识的中间成其重大的使命。能才欲得到伟大的能力,须经久之奋炼。天才在同样经久之奋炼中,更能表出他的资性,两者之间,所以有这两个意义,就是数量的和性质的意义,互相交并生出种种的色彩。在数量的意义上,天才和能才,同在一条直线上,不过在距离上,天才在能才的前面,要是本着天性所宜,一竿直上,就是常规的人,可以进而超越能才,达到天才之境域。至于天才者,在无意识的作业上而有数量的价值。从前有人说,天才和能才两者之区别,不单是数量的意义,其间还有性质的差别。照这种事实来明示天才与能才,把天才与能才竟成极端,同上面所说天才与能才同在一直线上之意思,适成相反。这相反的论断,因为常人都把天才与能才划了种类的差别,不过这种种类。绝不能全然划清,因其间确有共通之点。假使其性质如色与音,其间虽没有架连之物,但是天才与能才差别,也不能站在这类观察点上而论。依感觉系统来说,如原赤色与原青色,其性质虽相反,明为有种类的差别的然有紫色架连在其间。黑色与白色亦然。其纯色固然绝端相异,但有灰色为之沟通,使白可移于黑,黑可移于白,所以在这种意义的差别,只能说是阶级差异了。天才与能才的种种差别,也像黑色与白色,是种类的差别。总之:天才与能才间之差别,"不是种类的差别,是阶级的差别"。其间并无屹立的墙壁,坦坦大道,只待我们自由地开拓前进。

纯粹的艺术品，须从深潜思索的内心出发，这种内面的本质，创造者认为生命、确是讨论上很有兴味的问题。从走路、运动、态度、容貌、衣服、言语以及各人的生活现象等等来归纳彼等内面的性质，不特可以窥得个人的习癖，而且可以推知时代的流行。艺术品亦是如此，艺术的创作品，是由艺术家精神中最内面的发酵作用而起。在那种精神溢出于外部时候，我们就可以见到作者炯炯的人格，同时还能见到表出时代的典型。艺术是起源于艺术家最内面创造的作业，但是艺术家所引出艺术的问题，是依据在现代，这也是其有力的根源，然则在过去时代上，不免有了羁绊，这由于环绕其周围结成一切的"时代"所连结，似也不能脱去。所以艺术家要放射其固有的内面，同时呼吸时代精神。艺术的要素，一方面是时代感情的记号，一方面是表现作者的人格。艺术家须在个性及时代典型之间，冲决网罗，以一切独步无俦，为个性人格的特质，脱却常轨，俨然在水平线上露出头角，实在是可贵的事。如果愚昧盲从，平平凡凡成一种普遍性，那末，正像如叶之附本，成了附属的东西。纵然从浑然的有机体孤零脱出，结局惟有死灭罢了。由来艺术家陷于这种附属者，不可胜计呢。

　　用感觉可认识之形状来表现自身的精神，为之艺术。借人格的创造力来表出其自信和己意的强力标准，为艺术家的通有性。然艺术上还有一个要点，就是"自己欲"之表出。那种肉体的保存自己欲，就是保存种族欲。艺术毕竟为全人类精神欲的保存，换一句说，艺术是要表现全人类的意响之本能冲动，所以艺术的创造活动，不应该单依一个人而论，应当依全人类而言。艺术家与其表现自身，宁可总揽一般精神活动的大纲领。最高的艺术个性，确是宇宙精神界的一种反映，所以最高的艺术的个性，亦非久远之镜。因为人类之理想，为韵律的转变，所以最高之理想，亦不能不变。艺术要有生成之表现，然不可为既成之影像。近时艺术界，都带个人主义的色彩，那还是狭义的见解。今后欲得根本的了解，须把艺术根本上大略的见解，再加说明。

破坏为创造的基础,怀疑亦为握持纯真的基础,我们疑尽一切,否定一切,到后来终有不可疑之物在,这物事不是别的,就是"我在"。我在者,就是我有精神与我有生命在也。然而要为我在,不能不有与我相对的物事,凡是一个存在,在他的自身,始于无意味,终于无缘故。换一句说来,所谓在者,己对他在,他对己在。没有他亦没有己,没有己亦没有他,所以我在者,就是指我以外尚有别物存在。主观与客观虽两者对立,但是两者是否有同等价值之存在,实为古来人类中的混沌问题。究竟主观属于客观呢?还是客观属于主观呢?调问一句,人为自然所存在的呢?还是自然为人所存在的?至今还是悬挂着的一个问题。

但是,近代的艺术,皆不绝于主观强调和客观强调两个方向之间,这也是跟着时代而往复的。古典主义变而为浪漫主义,变而为象征主义,变而为新浪漫主义,更唤起现实主义、自然主义、印象主义、反印象主义。最近又有表现主义勃兴,统观种种主义有主唯心论的,有主唯物论的,于是有莫奈的艺术,有毕沙罗之艺术,有塞尚之艺术,这是人类循环往复在主观客观之圆周,滔滔不已,而且是永久不已的。

然而我们在艺术上要得到永远的生命,须重主观,同时更须握客观于掌中。艺术就是体现强调主观之物,有主观的体现,才有艺术的价值。此处可以简明地再申说一句:真艺术者,"是总合主观的体现而创造新客观的东西。"所以纯真的艺术,绝不是模仿,模仿不是艺术。柏拉图有艺术乃模仿之说,恐怕是对于当时艺术家所弄错误的艺术而发。尼采之所以赞美艺术,其意亦在于此。说到这里,我们晓得艺术上所谓主观之对于客观,实在是用主观来创造新客观的意义,但是艺术家之主观,应该在他创造艺术品之后,方有意义,方有价值。

本文匆促成稿,没有把主观和客观的关系说个透彻,容缓当继续发表。

原载 1933 年 7 月 3 日《民报》

艺术上应走的途径

　　受时代思潮上刺激的人们,都是在人和社会接触惯了的自觉上得到的。我们且从各部分的生活上沉静地探索一下,觉得个人对于社会,利己心对于利他心,就生了许多的藤葛。再把所以生出藤葛的意识上推究起来,那就更觉得复杂。但是一个人从娘肚子里出世以来,本来个人有个自独性,因为这自独性慢慢地围绕在社会的生活上,不免受着外界的压迫,久而久之,刚强的会变成柔弱,柔弱的会变成刚强,结果,把自己本来健全的个性,都被生活软化了。但是依着个性前进的绘画雕刻以及其他艺术等等,要是被社会生活围绕而成功的制作的并不是自己的享乐。尊重个性自身到享乐的艺术途径上走的作家,常常脱离社会生活去实行孤独的生活,照这样自己孤独求生活的艺术家,不仅限于画家、雕刻家,就是古今中外的文学家,也有过许多。他们并不是以艺术做生活战斗的武器,实在被环境逼迫了,觉悟到自己个性不能得到社会生活的效果,所以隐避社会专以艺术作隐遁的生活以当自身的慰安。

　　反过来说,在个性发达的社会之中,受了时代思潮的刺激,不管到压制自独性,专依个性内容深味上探追一切的艺术,他们所取艺术的方针,不是消遥自在为自己快乐的。他们是拿艺术做发展人类文化的工具,要把文化的价值,全归并到艺术上去。受了时代思潮的刺激,立刻吸收这时代思潮,站立在社会上和社会成为直线的关系,他们还要做思潮的大纛旗,同时也拿艺术做战斗时代的武器。

前一段所说以艺术作隐遁生活的,是个人享乐的艺术,作者无能力与社会奋斗,只得隐身自慰,这种个人享乐的艺术,是死的艺术;后一段所说以艺术做时代战斗武器的,是依个人健全的艺术去指导社会,作者负有改造社会的使命,这种以艺术做战斗时代武器的,是生的艺术。换一句说:前者是过去的艺术,后者是现在的艺术。

现在中国的社会,固然容不了纯真的艺术,这还是无力奋斗的消极话。然而艺术的创作者,都相信自己的创作便是有最优良的价值。委实讲,艺术上除了创作之外,便没有别的,但是创作的艺术,固然一时不容易得客观的同感,但到了后世,都亦有了极大的价值。反之,有的作品,在一时代非常受客观同情或庸众赏识,但是往往到了后世,视如废物。从这种地方看来,艺术的制作,完全由个人而成立的。作家的人格反映到作品上去的时候,绝对不计较客观的同情不同情和庸众的赏识不赏识。

上面所说的话,无论前一段和后一段,都是治艺术者应该彻底明白的。前一段的作者,固然是没有和社会奋斗的能力,但是没有失去艺术本身的真谛。后一段的作者,把健全的艺术涌溢于社会,同时负有改造社会的使命;更是为我们治艺术者应有的醒悟。然而回顾我们国内现在治艺术的人,又是怎样呢? 我也不得不诉述一下:

我国近几百年来治艺术的人,顽固的保存主义者太多了,他们专跟古人,学古人的一举一动,差不多有许多画家做了古人的奴隶,反而还自鸣得意。这不是过意贬落他们的话,试看他们的作品上,仅尝古人的糟粕,空无所有地拘泥在极微细的技法之下,既没有新意的创出,更不知发挥新趣,时代的变迁和社会的影响,在他们的生活上,无从说起。

趣味干枯了，见识盲目了，还是附随在平凡俗套的车迹后面，他们爱的是古人的臭味，保存的是已死的骸骨。

然而那班顽固的保存主义者，常常割据艺坛的一部分，利用社会庸众的信仰，于是他们就不二法门地维护古人一些余唾为满足。凡是在时代前面努力的人，往往被他们轻蔑。中国艺术的退化，虽然还含有其他原因，但是历来那班顽固的保存主义者，实在使中国艺术堕落的罪人。代代相因的那班抄袭家，到今日恐怕还没有醒悟吧？那班人不醒悟，对于今后艺术的发展前途，多少还要蒙其恶劣的影响。

按最近中国艺术界内情形看来，我觉得一方面对于那顽固的保存主义者已经出了许多激烈的急进主义者，这不是别的，就是近四五年来研究洋画的人们，现在治洋画的人们所觉悟的，就是破坏传统，挣脱一切过去的羁绊，大胆地、自由地，依了各自所信仰的突进。总而言之：中国现在研究洋画的人效果如何，暂置别论，但是从各方面努力奋斗的地方看来，不能不认为是泼辣刺激的新生命存在。启未发的真理，打响亮的锣鼓，树鲜明的旗帜，这都是我们深爱的青年们所发出来的热烈感情。

我们也不确信自己的主张，全部分都是对的，但照这样的大声疾呼向时代前面的狂奔者，已胜于顽固的保存主义者万倍了。我确信在今日混杂的艺术界里，有新进的作家来打破顽固的保存主义，确是中国艺术前途的曙光！从今以往，愿大家再接再厉地前进吧！

原载 1923 年 12 月 9 日《时事新报》

艺术与时代精神

　　艺术是随时代而转移，这句话，我们在过去的艺术上素见不鲜。时代向前而进，艺术亦跟着时代并行，倘然一种艺术停止在一个时代而不随时代往前进展。极容易看出羸弱而至灭亡的先兆，试观我国近几百年来的艺术，都做了时代的落伍者，一般从事艺术的人，只能保守一些骸骨，因迷恋骸骨，便陷于贫弱，过去艺术的式样，是有过去的价值，因为那一个时代，当然有那一个时代精神驱使着，但是看到我国近代的艺人，都把过去的式样来做宣传式工作，又常拿古人技巧的形式当做无上的权威，所以近代的艺术上，总缺少时代的要求，现在中国的艺术，满眼都成了传习的艺术。

　　传习的艺术，就是俗套的艺术，把这种俗套艺术分解起来，大概不出守旧的心理。他们没有觉到自己的伟大，把自己的个性湮没，只会借用前人的手法，并且常常描写同样的物体，他们那种借用的手法和一定的倾向，既没有思想和情感的表出，也没有一些创意的地方，全世界学院风的作家和我国近代的画家，都可做这个"传习"的代表。

　　要从充满生气的作品中以达到有生命的境域，在我们眼前现出的时候，便不应该有方法的限制，所谓艺术的方法，则和学理，不过是在艺术表面的东西，我觉得那种法则和学理，常有误解内面真价的危险，艺术最高的使命，是在艺人心灵的运用，所以艺术的作品上要打破一切的陈法，另创自由的新径，然而创作，绝不是一件容易的事情，必须具有深渊明了的判断，和高超的技术，同时用作家纯洁的心来发泄的。

世间伟大的艺术家，都有创开艺术的局面和进升的奋斗。他们对于法则和学理，虽也有受学院风的影响，但是常觉悟到要损害自己的能力，并且晓得没有"生"的感化，所以现代具有奋斗力的艺术家，当依时代生活做艺术的明镜。

时代的进行，是不绝地流转，艺术家的思想，亦都依着时代的生活而移转的。19世纪的时代精神，是科学的万能，都属于物质和常识的，所以那时候的画家，都用科学和物质常识来观察自然，要是研究那时候描写方法，大体是极忠实地模仿自然的外观，再现自然的美以达到他最后的目的。

在19世纪末叶，由自然科学的锐变已带着精神的倾向，所以这时代的后期印象派诸画家，又是一变，不依自然做本位，而用情感做主体，不靠自然的经验而依据自己直观的内省。他们最后的目的，不向自然求美而向自身求美。

但是我们要晓得，那时代精神方面，一定要有了前代的引诱，才有后代的兴起，绘画方面，也一定要有了前派的引诱，才有后派的兴起，然而从引诱而再起的艺术，必有对于前代或前派的艺术，有不满足他们的要求，因为艺术是极自由极流动的，所以艺术的本身，在艺人之受任何事物所压迫。有时受着压迫，不在艺术的本身，而绝对不甘为奴隶，正像上面所述：时代精神是川流不息，艺术是同时代携手并进的一个良伴，严重地说一句：时代精神的启发，常看艺术旗帜的色彩而定，艺术不向前进展，时代就停顿，所以绘画的进步，断没有停止于哪一派或哪一种主义的。

　　绘画上所谓派的转移,既与时代有这样密切的关系,那末研究绘画的人,就不应该有或派或主义的束缚。历来派别的谬说,都成了批评家的饶舌,其实伟大的艺人,都有他生力的表示,根据派别的谬说而走的,本来是中庸的艺人。我常常说:只有拿自身的艺术可以做派别的范畴,不能以派别来限止自由的艺术。世间平凡的艺术家,甘受庸众的批评的转移,然而有伟大心胸的艺术家,当与时代上一切庸俗者抗衡。

原载 1925 年 3 月 22 日《时事新报》

　　以前我国人对于艺术,认为少数人占有的事业,而且把艺术看作是一种"闲人闲事"。社会对于艺术品,只存了一个奢侈品的观念,以为只有贵族可以玩赏,到现在社会上的人们,还是被这种腐败的习惯支配着。因此,一般人与艺术少来亲热。

　　人们没有艺术的陶养,很容易显露自私自利的行为,习惯上的道德观念和理智性的教养,深深地印了人心,把人们的情感,完全被它戕害净尽,你看现在中国的社会,全戴了一个假面具,不是你抢,就是我夺,到今日政治的腐败,人心的险恶,也可以够受用了吧,这全是情感被理智抑郁的缘故:我们要振救这种弊病,不得不高声疾呼地"提倡艺术"!

　　概观今日世界的大势,最足以影响人们精神方面者,不是宗教,不是哲理,也不是伦理,实在还是艺术。不过艺术之影响于人心,没有像宗教伦理等等那样固定的教义,因为艺术是极自由极流动的,可以活动人们脑筋中的种种的精神表现,亦可说是精神的具体化,艺术有无限的力量,足以开拓人心,所以艺术确是精神教养最高要素。

　　审美的本能,人人具有,但感觉器官不常用或不会用,久而久之,便麻木了。一个人麻痹，那人便成为没趣味的人；一民族麻痹，那民族便成为没趣味的民族。艺术的功用，是要把已经麻痹的状态恢复过来，使没趣变为有趣。所以在现今中国的社会上，至少要引起他们对于鉴赏艺术的趣味，更使他们的审美力扩张，以养成一种高尚的趣味。这样说来，艺术与社会，当然有至密的关系。

再从艺术的感动力和感化的方法上看来，近世艺术的力量，实足以凌驾于古的宗教。因为艺术足以涵养善恶判断之源，也是以培养精神生活的全部，要是想涵养和蔼、明敏、宽宏的道德判断，便不得不从艺术的见地玩味艺术的全部。

在此地不得不把艺术全部中最大的要素，先来说明一下：

艺术的要素是什么？最简单地答一句："美"和"情感"。先来说"美"：艺术所追求的，是形式和精神上的美，我虽不像唯美主义者用偏激的论调，但我们承认美的探求，确是艺术的核心，自然美，人体美或农庄美，或是优美，或是动的美，或是静的美，以及其他一切美的情素，都是艺术的主要成分。艺术对于我们所以有这样重要者，也只因为我们由艺术可以常常得到美的陶醉，可以说我们出世间的烦恼而入于快乐之境，得着享乐的生活。

再说"情感"，谈到艺术，不能不注意情感，没有情感，便不能称做艺术。同情和爱情，都包括在情感之内。艺术上有外观和内容。外观就是美，内容就是情感，换句说：美的要素是外延的，情的要素是内在的。近代法国善于表现女子的大画家雷诺阿画的丰丽而有回味的肉体和光艳的色彩，是美的要素的实现，他画的灵通透彻的眼睛，由眼睛而表现出来的情热，是情的要素的结晶。美与情感，对于艺术，犹如灵魂与肉体，相互表里，缺一是不可的！然而现社会对于艺术究竟抱什么态度呢？

我们要说社会对于艺术的态度，先要从家庭和学校里的美的教育方面提出来说说，普通人的家庭，固然谈不到什么美育，但是号称知识阶级的家庭恐怕也不见得怎样讲究吧？就一般家庭的设备，全没有均齐、比例、调和、变化、统一等等美的要素；至于家人的种种行为——赌钱、喝酒、不要贞洁等，都足以使儿童受到不良印象。

学校是陶冶儿童的熔炉，外形固然要有美的建筑，但教程上对于国画、音乐、手工，以及关于美的教育，也应该十分注意，但是现在能有几处是讲究到这一点呢？一看到我国中小学校，不是在混浊空气的都市里，就是在"不毛之区"的荒村，至于校舍的建筑和设备，无非因陋就简，说到教师的言语、动作、服饰等等，恐也无美可言，照这样的情况，要唤起儿童天赋的美感，实在难极了！

讲到社会，完全像一个黑暗的舞台，那些背景，老实说是丑恶罢了！我们既明白环境这样的恶劣，难道就不想法改造吗？不！我们还是要打起响亮的艺术旗鼓来改造才是！

要以艺术来改造社会，不得不向做社会的中心实说几句话。不容说，做社会中心者，便是知识阶层的人们。他们能自由一般人的精神，同时也能压制一般人的精神，所谓造成时代精神者，也是看这辈知识阶级者之如何而定！他们能够常自反省，多营艺术的生活来引导一般人们，自然能达到美意识的进化，而造成艺术的时代精神。所以社会的艺术运动，虽然艺术家负有责任，但绝不是靠少数艺术家就会成功，还是要希望全国知识阶级的人们，群策群力来做的！

我们要做社会的艺术运动，当然对于群众要有诚意，绝不可存包揽垄断的偏狭心理，况且艺术运动，更以发展个性为原则，应辟去狭义的包揽观念，大可各人发扬各个的特性，致力于社会的运动！

现在我且举几条对于艺术运动的要旨如下：

（一）公园的设置：公园能使民众享受自然快乐的地方，在各省各地，宜广为设置，但须废止不规则的娱乐。

（二）设立博物馆、动物馆、植物园等等，我们跑进博物馆，便像神游古今中西；一进动物植物园，便像小孩似的活泼。虽不是像想求知识而游博物馆,然而从游览上,却也能得到很多的知识。

（三）设立美术馆。这么大的中国,到现在虽有美术馆,可是还没有世界的美术馆。此馆之设,必收买古今中外之雕刻和图画,但西洋名雕名画,有出巨金而不能得者,其时可以收集模型之雕刻及模仿各国之名画,另外助以原物之相片,照这样做法,世界美术馆便容易成立。

（四）举行美术展览会:各省各地,年中须举行美术展览会一次或数次,须打破民族式的阶级,应特别奖励"民族艺术",全国美术展览会,即须实现,使全国艺术家得以携手。但初办时,不必注意形式,先须注重艺术的内容,所谓内容,不堕俗好,不流奢侈,同时竭力鼓励新进艺术家并保护纯正的艺术创作。

（五）提倡艺术讲演:在各处公共机关,宜常常公开艺术讲演,中学校和师范学校,固须注重艺术讲演,即儿童学校尤宜着重美育上的熏陶。

（六）奖励出外游学:日本人近来常有私人出外,选派艺术天才之青年赴欧洲游学,一则为发展东方文化着想,再则为保护经济力薄弱之青年而起,非图私人计也,中国欲望艺术进步,必须鼓吹多人赴欧留学,同时亦宜竭力保护之。

（七）改良城市:凡道路、桥梁、交通机关等等建筑物,宜注意艺术的趣味,因艺术能创造社会之新秩序,有饱含人类之情趣。道路两旁,种以树木,是不可缺的。

（八）改良平民生活:乡中的森林、水利、房屋、道路等等,都与平民生活所接触的,这种自然生活,亦应当用艺术的方法而改良之。

（九）发展旅行:都市生活过惯的人,常与田园隔绝,欲使疲劳消除,莫好于郊外旅行。不论近处田园或远处登山游湖都可,因为旅行是能增进艺术的趣味,使烦恼的倦怠的恢复转来,大有神益于心身也。

（十）路旁广告:很容易惹人注意,不规则之印刷品,须严格取缔,广告能含有文学和艺术的性质,则对于民众之艺术本能上,定能获相当的效果。

　　中国社会上，要改良艺术教育事业，实在是指不胜指，我上述所写的十种，都属于重要方面者，希望大家来建设，来扩充，必定能够为社会民众造无量尽的幸福！

原载 1924 年 6 月 29 日《时事新报》

芬奇在警诫画家时有几句话，他说："画家如果只依他人为模范，其结果必恶；能依自然做信仰，其结果必善。"我也觉得这句话很有寻味的地方，现在且把乔托做个例子来说：乔托是生养在乡间，全倾向于直率的自然，他常画田园风景及动物，经过了很久长的研究，他的艺术便凌驾以前及同时的画家们了。然而乔托以后的画家们，都从作品上去模仿，模仿虽是画人的捷径，但艺术便易衰颓，我们如果用文字来说明这种模仿的现象，也可说是传统学的艺术，然则艺术入于因袭的传统，总觉得少了生趣。

艺术的途径，最初除了写生，便没有适当的方法，我们只要把自己生活的条件反省一下，就可明白我们是生存在过去与现在的世界之中，过去的：是先人的足迹，先人的足迹留在我们面前，一方是遗传，他方是文化上的种种宝物。我们用先天的继续为之遗传，但是我们对于遗传的东西，不过是一种倾向，不能说，就是决定的物事。我们要在从前人没有得着的文化产物在自身去发现，这便是文化的宝物。学艺、交通、政治、以及其他的世界宝物就留在这种地方。我们生于这种宝物当中。

第一遗传,第二文化的宝物,第三就是住在现实自然的世界,这都是我们的环境。我们住在这种环境中乃是事实,然则艺术上所存在的,不过是轮廓,至于内容,便没有决定的存在,所以我们在这种地方,实有创开未来局面的可能性。要开拓这未来的局面,只要依吾人的本能,成为生活的基础,必能保留这极大的可能性,这就是唯一的要义。

艺术不能照着世界及过去一丝不差地重现的,因为过去不能再还,假使再还,也绝不能照着以前一样地再现。在容量和连续上,绝不会得到,在自然世界中也是同样。现于吾人前面的世界,不论其色彩、光辉、形状、连续,以及容量等等,在艺术上是随时随地都会起不同的变化,所以要想照样地摄取,便是极困难的事,艺术上要想把过去的事物,移植现在的世界,彼一世界移植于此一世界,是不能够的。我们虽然有世界与过去,如果只有世界与过去再现的意味,那就可不必再去学世界与过去意味之外的东西。过去的文化财宝——艺术品,单去学习,叫做传写。这种传写的工作,必须含有写生的意义,是要将过去与未来的可能性当中生出现在,所以写生与传写,已成了普通一般的学习。在普通学习的地方,必具有个性的,如果把这个性扩张,就会同我们的遗传变化特异的方向。方向变更,其成绩特异,由特殊的个性,又为成一般的个性。

传写者,生于现在而学于过去,从现在当中所生出来的过去,就是传统。学于传统者,必有我们所住这个世界以上艺术的影响。在必要采择时候,科学是部分的,其重要的在扩大人格的意味,有时有抽象的部分,跟着前人的技术,继续扩张,增大效果,同时要把过去的学问反省。然而过去的成绩,在今日是没有独立的价值。因为艺术上是没有人格的全部,所以其"形"与"姿"是常常相异。既有古的意味,更须有新的意味。过去的仍旧生于现实之上,在过去既有价值,同时在现实上也更有价值,所以在研究方面,前人所发现的虽然有继续起发的必要,更须把前人未曾发现的地方,重始发现!艺术是永久争胜的,常常要提及过去的理由就在此！科学，只能领吾人从过去到现在一条路上去走，艺术要从现在做出发点同时重新认识从前未发现的东西。

发达者，能把有关系的价值增大；变化者，是不关于价值。但是变化之中，同性质继起的变化，就是同系统的变化，异值的事物继续排列，就是异系统的变化。在艺术作品上说来，社会全体财宝的价值，各时代屡有增大，这就是一种发达的现象。作品上存在的价值，是追求时代增加的。但努力的作品中所完成的创作，是将发达之概念与变化的概念结合而来，兹特列表于下：

（一）同系统的变化

价值不变——同样的同系统价值之继起，
价值增大——增大的同系统价值之继起，
价值减退——低下的同系统价值之继起。

（二）异系统的变化

价值不变——同样的异系统价值之继起，
价值增大——增大的异系统价值之继起，
价值减退——低下的异系统价值之继起。

在这种地方，要把异质的东西判定同价、增值、减价等的比较，是不能够的。作品上很难得第（一）种的第一，"价值不变。"如（一）种之第二第三有时可以得到的。所以作品价值的变化，在同系统价值之增大或减退，要看作品与时代的变化，就有如下面所列的四个可能：

（一）同系统的价值增大之继起。

（二）同系统的价值减退之继起。

（三）同系统的价值增大及减退混合之继起。

（四）同系统的继起及排列。

但是，这是关于天才的。（一）有天才的继起。（二）没有天才的继起。至于（三）（一）及（二）混合时候，天才的有与没有，就混淆了。（四）

全在时代的状态之中,这是对于天才的有无,是无甚关系。至于价值如何增大,天才有无之关系,异系统之续起或排列,要降时代全体横断或纵断来观察其结果。

从久长时代看生命之全体,虽有其价值的增大,但是在短期间,各种继起的关系上,前期要说劣于后期,后期胜于前期,绝不能有正当的评定。然而在科学的世界中,物质上比较的长时间,其进步的成绩可以见到不致错误。但是在艺术上,所谓进步的成绩,有能见的,也有不能见的。所以艺术是随着时代的继续而起变化,在那种变化中可以观察价值的不同。吾人所看到的美术史,实在不是"美术发达史",可说是"美术变迁史"。

吾人对于过去的艺术,要决定胜于现在的艺术,完全科学的态度与艺术的态度有混淆的地方。所以我们常常采取过去的各时代,用一种批判的态度来观察。从各种批判,就能晓得,有过去而生出现在,因为过去不单是只有过去,必须要把现在并拢来说。现在学过去,把过去的东西混合于现在,是自然的锐变,这也是传统的学习。

艺术经过的形式,正如波浪的连续,每每从立面的波浪归复于平面。从平面又会生起他种波浪,但是在这波之立面,是不绝地向上升起。其上升的的理由:第一,波与波的成绩中留有残存的作品。第二,作品上物理方面的科学的发达,就是笔墨纸砚及其他科学的发达。第三,社会一般鉴赏力的发达。所以经过了时代的人们,较前人的出发点,更为便宜。用便宜的方法做出发点,就得着便宜地位的准备,然则也不能说次代的艺术必定较前代发达,又不能依此可以断定,这还是天才的问题,绝无刻板的论据。

吾人所面接的系统,持有两个侧面的观察,第一,资料和使用法,第二,是表现的态度。"手法"这两个字,在第一所说的资料之使用法与第二表现的态度成为具体的一致。此处所应用手法的,传统,就是第一制作的资料与第二制作之手法相合而成。但是资料的使用法,其性质有科学的,也都从科学的发达上所得到的。表现态度的问题,其性质不同,所以手法这个名词,是混然的。从混然手法的用语上说,要把异性质两者包含,是不适当,就是像资料制法的改良,资料使用的工夫,科学的研究工夫,继承的学习等等,其价值都是一步一步地增大起来的。因此,表面的成绩全是科学的,但是从第二侧面说起来,是关于表现的态度,这是全人格的,不是方法所能限制的。这种价值增大,要靠天才,然而价值增大,同时要把意味"深化",这都从各个人而起。且有相异的面目,这就是显示个性的差别。

然则第一、第二的传统侧面,常常有共同学习的必要。在第一侧面继起的形状,第二侧面当有形状复活的必要。如果对于传统学习者,不明此种价值,单依前人的形状而不向自己进展,就成了因袭的死的"传统"。

传统要判断现在的生,是轮廓,不是意味,是留在,不是现在的生,倘然仅在第一侧面揣摩而不向上发达,就失去科学的本质。不论其效果如何,也不过是徘徊反复罢了。有时虽把第一侧面表面化,但没有混化,就会失去人格的本质。这种传统,往往死于因袭之下,两者的形式虽然相近,其发达的价值全然相异!

传统的艺术,要有个性的价值,所以传统的学习,不得不在极有关系的个性上考虑。第一,资料的传统,在制作者学习时候,完全是工业的制造,在工业制造上,用不着个性化的,但是在创作者的学习,就不像工业制造者,创作者全在描写的态度问题,这就是创作者主观的结合。工业制作者,可由继承的方法,所以有决定的条件和法则,然则在描写问题上,绝不是有那样固定的方法,也不是先人的发现就算规则。所谓描写态度,就是自己的态度,须从自己来决定的!在资料特殊的使用方法上,作者就不得不有创意。有创意,其传统方始完成,所谓传统,把先行者最初的途径与自己发现的途径二为一,才不失传统的价值,然则在资料的传统上说来,其方向只有科学的,因为脱离个人主观,所以学习者亦不必有主观，单采用方法就行。这种地方，总缺少个性。个性者，是作者个人之主观与事实结合所成的东西，吾人视为艺术的重要成分，亦在于此！

第二，在深化方向的传统，其方向与方法上，作者必须理解先人做中心点。所谓深化，更宜用主观作基础，从深切的理解而来。理解最先是个性的，由自己之个性，要明白先人之个性，也莫不由深切的理解而来。欲得今人之个性，更不得不有深切的理解！所以说到个性，第一是理解，个性的深浅与理解的深浅是相应的。传统深入之意义，都从自己的精神活跃而来，个性的内容，就是把"生"向外扩涨，所以个性就是创造，总而言之：个性是现实的事实，不是浮薄的概形。

传统将个性深入，愈深则个性愈得充实，如果单学形式或表面，最容易堕于因袭，因袭者，只有以前先人之个性而没有今日自己之个性。过去的事实绝不是现实的事实，所以因袭不是个性，更不是创造。在个人的作品中，最深入的理解，即是天才。有天才才能成传统的个性，现实的事实，就是创造。吾人从沉潜的传统的源泉深加探讨，始有天才的活跃。依着天才的传统确有现实的活动，而艺术亦深入于内奥。天才是没有预期的限止，艺术发达与否，全看天才的存在与不存在，天才既无限止，艺术遂依天才的变化而层层开拓，永无限量的了。个性发达，创作亦随之而起，个性麻痹，创作也消沉。

然而传统与写生有极大的关系，吾人不可不注意的。看两者如何互相助合，但是这两者的关系，常常把过去变为现实，用意识的特质来解决现实的问题，传统是要死过去的现实之中重新生起"自我"，写生是要在对象的现实中生出"自我"，对象中有个性的倾向，方能成为现实的个性，重新生出者，才是作者的个性。在对象现实之中活动的作者是个人。所以两者都要依据作者个人，在个人中的过去，常常能生出现在的形式。所以传统与个人结合能生起现在的个性，对象结合时候再成现实的个性，如果个性依对象的结合，艺术的现实之个性方能完成。传统与写生的系统，是个性完成的道路，唯方向各异，依据过去作者个性的，是传统；依据现实对象的，是写生。传统是理解，写生是成形；依传统而深入写生，依写生而明了传统。在这种深奥的背景与努力地动作，就可以看到完全的系统。所以两者不能矛盾，确有互相协助的精神，列奥纳多所说："传统虽不能否定，然不能因袭。换言之：传统单是形式而无个性，所以因袭的传统，只能作否定的解释。"列氏是对于希腊古典的传统是深有理解的一人。

写生与传统，是艺术上一贯的大道，由来描写与写实，都得由接近自然界的写生而来，时代、风土，以及从一切过去环境所得到的传统，虽有影响于今日之艺术，但自身非觉悟时代的精神不可。从自身的创意，自由开拓，不拘于古人的束缚，不因袭古人已成的形式，则东方之艺术，必能重放光明，争胜于世界矣。

原载 1925 年 9 月 13 日《时事新报》

艺术革命谈

艺术是生活的明镜。映照时候，常常有种奇异的反射。依着这种反射的印象，复现于画幅中，很容易惹起一般人的误解。所以看到一种正当的洋画，不是说粗劣，就是说形体不正确。这种论调，在我们开展览会的时候，少不得有的听见。这因为我国近几百年以降的艺术，都成了纤微薄弱的东西。如果追求到古代的艺术，却都有精神的倾向。可是现代艺术的状态，正像一个素来强健的人，慢慢地把精神萎缩了一样。这萎靡不振的原因，就是近几百年来所产生的艺术家都征服在崇拜偶像之下。专把古人的技巧，当做"金科玉律"，并没有时代的要求，因此相沿成习，到今日艺术这样的堕落也是当然的道理。现在一班艺术家，不但把自己"生"的奋斗抛弃，并且像没有他自己一样。要晓得艺术是清新纯洁的东西，完全不能占着一些奴隶性的色彩。我可以说，现在中国的艺术，是种传习的艺术。

传习的艺术，是俗套的艺术。把他分解起来，大概流毒于守旧的心理，既没有个性可言，也没有人格的表示。那些艺术作家常常借前人的手法，并且也常常描写同样的物体。要说那些手法和一定的倾向，没有思想和情绪的表显,也没有一点创意的地方。全世界学院风的作家,和我国近几百年的画家,都可做这个传习的代表,照这种传习的艺术家,也许在生前得些物质的酬报,但是没有他艺术的生命。

要想从充满生气的作品中,达到有生命的境域,在我们眼前现出的时候,就不应该有方法的限制,所谓艺术的法则和学理,在艺术上是种无用的长物。这些法则和学理不过是竖在艺术的表面的东西,而且时常有误解内面真价的危险。艺术最高意义的地方,是在个人心灵上的一个"使命"。这个"使命",是美术上共通的事实。拿我们直接关系的绘画及雕刻来看,在这"使命"的传达上,就有两个信条:(一)是创造的深索。(二)描出的才能。

艺术作品上要打破一切陈法,另辟自由的新途径,这件事不是容易的。必须要有深渊明了的判断,从个人内心上发泄出来的。在这种时候,当然要有"创造的深索"。

有了创造的深索,接连就要把他印象着的形状表显到画面上去,在这时候,就不得不应用着一切材料。思想在材料上的动机,正像作曲者与演奏者有双方共同的联络。这时候,都要有"描出的才能"。

我们认定了上面使命的两个信条来做制作上根本的绳率,那第一个"创造的深索"的界限,就觉得非常广大。画家观察物体的时候,就应该适用的。但是适用上,第一,要追想那眼睛经过的东西成为"实体化",如果不把这个意义广大,他的艺术仍旧是不稳健的。创造深索在表现风景和静物的时候,他的作品上,都包含着严峻伟大的意义。

绘画及雕刻在艺术主题和手法上,都有种自然融合的节奏。有的作家,在使命中常常把他的技巧分裂为全体的一部分,那就是破坏的一个结果。同使命最接近最重要的,就是"默示",这个"默示",从色彩和形象上见到。一个艺术家有人格、心理、资质的表示,同时显着像黎明的光荣,也都是在这个地方看出。讲到"默示"的可能性,是件不容易的事。总之,要在制作时候,有理解的表示,不能像无意识的盲从那样去做。

　　要晓得大艺术家，都有展开艺术的局面和进升的奋斗。他们对于法则和学理，在技巧上的起因，虽受学院风的影响，但是常觉悟到要损害自己的能力，并且晓得是没有"生"的感化。所以现代真有奋斗力的艺术家，应该拿古人制作上的长处精察，短处辨别，再依时代生活做艺术的明镜，这是当然的一个进取。

　　制作之际，技巧的短处，并非单在色彩，其着力点在素描。素描没有成形，就是没有制作的理解。艺术家自身的欲望志尚和发现的功绩，都要有严重判断的能力。至于外部的规则，并不是有一定的必要。从极纯洁的艺术说来，那些勉励苦斗，却是没有什么特殊的功绩。第一要有彻底的表白。在细小素描的技巧上，当然不能尽量发挥，总要把艺术家自身全部的力，奋斗起来，再从那素描的情绪，充溢到作家身上。把技巧的统率，一起用色彩表白出来，才算是艺术家真正的发现。

　　说到这里，我不得不联想到我国的洋画界，近年来在南方，洋画的呼声，渐渐地提高了。但是洋画这个名词，在普通人们以为是西洋人特殊的东西，然而在我们研究的人，要认定中国画和洋画不过材料上的差异。至于在画面的形式，并不是要采取西洋，民族性有东西洋的差别，艺术当然也有这个差异。如果硬拉硬凑拿西洋画的形式加入在东方人的画面上，那不但犯着同上面所说的传习，并且要犯着因袭西洋人的一些皮毛了。我国几百年来艺术堕落的病源，就在传习式的一点。如果现在拿传习式的洋画，步西洋人的后尘，中国的艺术，简直有灭亡的危险呢！

　　西洋人现在常常拿东方美的趣味（所谓平面的装饰风），应用在西洋画上，这是他们的进化。我们觉着的，因为西洋画的材料有永久性，所以借用西洋画的材料。至于表现方面，尽管依着东方的风俗、民情，和自然界等，尽作家的能力，奋力进行，不但可以复兴古代的精神，就不难谋世界上艺术的大同。

原载 1922 年 3 月 8 日《时事新报》

艺术上除了用创作来发泄作家愉快的感情之外，没有其他的目的。既然艺术是发泄主观的感情，那末，主义和派别之说，便不能成立。但是我们确看近代艺术上显着主义和派别的旗帜，这又是什么缘故呢？照美学的原理上看来。也许是因为作者发泄主观感情的不同，所以有了不同的派别。不过我还是疑问？主观的派别尽管不同，但是单依着探求自己的愉快上来讲，那派别的旗帜，始终树不起来，为什么派别之争，在今日又是这样剧烈呢？

但是我始终怀疑研究艺术用什么派别来限制，所谓种种派别的名目，都是旁人给作者加上的徽号。如印象派，表现派等等名目，也都是后来的批评家给他们带上的帽子。不过现代有些作家，自己确会加上一个什么主义或什么派别的名目，我觉得非常错误。我们只知道：有了艺术，然后有派别，并不是先定派别而后生艺术的。不过按现代艺术界的情形看来，确是有一部分跟着从前的派别去制作艺术品的。我们不是常听得一般研究艺术者的口里说什么派好或不好，说什么派可以学得或学不得，这种派的谬解，在不懂艺术的素人口里流露，原不足怪，可在研究艺术人的口头乱说，不能不使我怀疑？我觉得只有艺术可以定派别，不能拿派别来定艺术的。假使研究艺术——绘画——的人，受了画派的迷，不免要束缚于派别之下。束缚的艺术，对于自己主观感情的发泄就生了阻碍，换一句话讲：艺术的创作欲是作者内心情感的表现，艺术作品之所以感动于人，也因为赏鉴者内心同情的表出。倘使立了主义和派别的规范，那么，作者的情感便不能自由地运用，所以派别的艺术，既没有相关的裨益，而且要丧失创作艺术的真义。既明白上述创作不是派别可以限止，那末我们制作艺术的人，便该赤裸裸地向内心去追求，以下就来说说内心的表现吧！

艺术的创作，是作家全人格的反映。怎么叫做全人格反映？用简单的答案：就是人格的光辉向外界放射！（内面包含人的性格、思想、思念、感情以及其他……）

作家自身内力向外奔腾时候，有种伟大的光彩，不过这伟大的光彩之中，有善有恶、有美有丑，都是自己内心必然流露的一种自然性。

有的人作画，仅在技巧上"描头面角"，这不是艺术。如果单描摹物体的姿势或情景的原状，那只要拿架照相机来摄影起来，物体上的细碎部分，一定要比绘画还能胜过几倍。但是照相机器，无论现在发明到怎样巧妙，怎样完备，总不能见到光辉闪耀的作品。反而在绘画上能见到"力"的表现，这是什么缘故？因为用摄影机所拍一切自然的现象是死的，是呆板的。绘画自从作家的心灵和自然融合而成的，是活动的，是有生命的。现虽然也有拿照相机当做纯正的艺术，这还是不知艺术是什么那般人的误解。照相并不是纯正的艺术，只能说是一种技巧。至于创作的苦心，就无从生起，所以照相绝不能认为是纯正与完善的艺术。

绘画上描写之物，有时虽没有成，但确有作者主观中燃烧的想象存在。就是在作品的各部分上，莫不赋与感激与生命。譬如一方新鲜明亮的绿色草地，在忧郁沉闷的人们看起来，更能把那些绿色透出一层鲜明。在他们表现起来，或者更显出阴沉浓郁的自然深度，或者依新绿的活动而描出伸涨自然的里情。或者在他们的作品之底，暗藏忧闷与沉默的深度，进而言之：依着作家情感的互异，各具有不同的生命。从这样看来，绘画不仅是描写原状，要在作家主观与个性的基调上加以努力，以期捕捉对象内面的生命。不过从生命燃烧上迸裂出来的作品，很容易使人误解，从前有位美国富豪在巴黎请罗丹雕刻一个肖像，罗丹是依据自己的艺术给他雕成一个很有光辉的肖像，哪晓得雕成之后，交给那位富豪，富豪却嫌罗丹的雕刻不像自己的面貌，很愤慨地不愿接受，后来就将所雕原物，退还给罗丹。依这段故事，我们就能推测一般人观察艺术，哪里能够观察到内部？他们只有表面上浅薄的眼光罢了。没有尝过滋味的人，不会与作家同情，没有和作家表同情的心，自然瞧不起艺术家，这也是当然的道理。

如果艺术单像过去的写实上讲，我们不得不推照相机为最优良。但是近代其有伟大力的艺术品，并不是单在像与不像的问题上，应该要看作品上对于作家主观的闪耀到什么程度。如果只会看制作的表面，请他还是拍几张照片赏光赏光。何必看什么艺术品呢？

创作的艺术，不能拿对象相像与否为衡，只要问，含在对象里面的真美，生命在自己的生活上，燃烧到什么程度。能够从这种要点上追求，才能得见个性与人格的显现。要作品全体有韵律的发现，全在生气律动的感激上与自己主观互相振荡。自然有韵律，就是自己内心的韵律。内心的韵律，成为笔触、手法、色调等等的韵律。制作时候，都要互相呼应而移置于作品之中，所以真倾注自己全努力创造的作品，必定要有异常的热忱。譬如舞台的角儿，扮演剧中某种人物，体贴入情地去描摹，描摹时候，差不多忘记了真我，绘画的制作中，就要有这种同样的热诚。

"艺术是情感的产物。"这句话，在现代绘画上，谁都承认。在现代时候虽不能离开自身的思想，然而思想的变化。确还是随情感而来。所以从自然的对象切合于自己情感的场所，不能用理智去左右的。在创作的发现上，也是没有限制的，完全依着纯粹素朴的心情而起。倘使"矫揉造作"，绝不能认识真生命的闪耀。要借人家的技巧装饰自己的画面，那些人，永远不会得到艺术的真谛。高更有句话，谈得很有意思，他说："艺术上不是创作，就是盗窃。"这确是指破一班专事模仿和惰性作家的妙语。

绘画上的色彩与技巧，固然也很重要，不过是属于第二义。与其取色彩之美，技巧之工，宁多含有作品内部的个性。能够深尝描写物体深处的趣味，感受所触动的真髓，觉悟无我之境以认识对象的核心，始能达到艺术的真创作！

依上所述，艺术并不偏重表面之美，第一要深究潜在内奥之美。现代的国画和所起的洋画家，都没有注意到这一点。他们只提表面之美便为满足。单提表面美的作品，骤然看来，固然能够使人得着整整齐齐的感觉，但是没有永久无限的美倾入内部的作品，这很容易消失的。

说了许多的话，我现在来做个结论吧！中国古来有许多画家，很有自发的精神流露，如元四家和明末清初八大山人，石涛等等，他们不但表出内面之美，且深究到根源上生命的流动，所描写在画幅上那些山水草木，确有使别人不能捉摸同样的感味，可是后来的作家，都因于因袭和模仿的规则，不去运用自己的心灵。但是心灵麻痹了，处处显出贫弱的状态，现代中国艺术之衰，这不能说不是一个重大的原因。

我觉得现在要振拔中国沉寂的艺术，确有采取洋画上方法的必要，洋画输入中国，已有二十余年，现在虽有些成绩，但是有没有晓得派别源泉的人而专讲派别，却非常危险。我以为用研究的方法去明白所以有派别的源泉是可能的，然而迷于派别而模仿派别，则不可。我希望的是：不虚造派别，不迷于派别，专凭作家自己的心灵来创作纯正的艺术。

不光陈法，不守旧规，而另辟广大的途径，使中国的艺术，重显光辉！

原载 1933 年 5 月 16 日《中华日报》

艺人的灵魂

借外界的对象以表现自己内心的情感者，谓之艺术。但是情感用技巧来传达的时候，常具有一种韵律，凡是没有韵律的绘画雕刻和音乐等等，绝不从畅发自己情感而起，不把自己的心灵融和于技巧中，便不能称为完全的艺术。这韵律究竟是什么？简直地答一句：就是生命的本体。古来东方的绘画上，最重要的是韵律。自从南齐谢赫创论"六法"，把"气韵"装在第一个位置，继续在姚最所著的《续画品》上，更把这"气韵"特别提倡，直到今日还是把"气韵"来做作家和鉴赏家至上的标准！

西洋的艺术论上我们常常看到 Rhythm（包含节奏、律动的意义）这个名词，尤其在近代的艺术上，更多引用，乃是东西洋艺术暗相吻合的地方，绘画上的 Rhythm，是在线条调子、章法，以及颜色配合中所包含的一种内力上面，这种内力，能使人惹起无限的情绪和感动，就像音乐的声音，怎样借自然的媒介，使它成为节奏一样，这完全要由内部生命的激动而来，表现自然界的现象，并不是仅按着自然摄取。第一，要借自然界的力来申诉我们心灵中的内奥。

然而欧洲的艺术，在 19 世纪自然主义热烈的运动中却把艺术上最重要的 Rhythm 忽略了，其时都偏重在外部现象的再现。自然主义的画家们，专事描写时间的准确，酷肖自然做唯一的目标，虽然其中也包含着诗的暗示，但是从它们偏重一部分的地方看来，便觉得缺少了 Rhythm 的要素。我以为 Rhythm 结合的场所，对于自然现象里面的形、色、调子等，就有维持那充分表现力的可能。艺术家情感热烈时候只能申诉他内部心状的律动，绝不是用分析的方法去排的，自然固然伟大，但仅在忠实地描现自然，而不从自身内心去熔化，更会失却艺人的灵魂。

悠久的艺术品，莫不赋予与艺人的灵魂！仅在表面描头画角的作品，绝不会悠久，看到现在有许多只具形骸而缺乏内容的作品，反使我们引起原始艺术趣味。因为原始人绘画和雕刻，都是内部冲动的情感表现，只要从他们的线条与形状上看去，那种直截敏锐而带稚拙的描写，最使我们容易认识。原始艺术，都从抽象的境地而来，自然现象、雅致、真理等等名词，是后来追加上去的。等到有了那些名词，便把抽象的真义和表现力渐渐消失。因此，自然主义反而得了胜利。从自然主义兴盛后，又生出种种流派，在画派横流的近代，虽有不满意自然主义客观的地方，但是他们大半做了忠实的描写。经过了这样的变态，把原始艺术所支配的那种抽象的线、形便消灭无遗。这原始艺术的意义消失时期，就是 Decadence（衰颓）时期了。读过西洋艺术史的人，都能领会。

历来国画上的稚拙感，富有韵律的意味。高超的国画，全凭作家"应心会神"的地方来做一种抽象的描写，常于原始艺术相吻合。例如石涛、八大山人等的绘画，最显出稚拙的感觉。但是在稚拙感中，确潜伏着无限的情绪，使后人鉴赏到他们的作品，便会联想他们表现力的集中和性格的伟大，同时在一点墨和一条线中，都具有伟大艺人的灵魂。

欧洲在写实主义旺盛时期中，把艺术内面的精髓，消灭殆尽，不过那种写实主义的画风,到现在已成了入土的骸骨。除了几个迷恋骸骨的画家之外,不会再做写实的梦了。试看现代欧洲的艺术,显出这稚拙感的接踵而起:毕沙罗,就是一位首先革命的艺术家。塞尚、凡·高等的艺术,都归纳于内心的律动,一洗从来的恶浊,在艺术史上突放异彩。他们自从再现而变为表现,从客观而变为主观,把稚拙的美,认为一种很热烈很清新的邃密感,他们从深沉的认识上而描出的稚拙感,并不是有意做作的,都随心灵的感应而起,塞尚的"角形",凡·高的"线条",便是他们自身的灵魂。

艺术家对于主观到了高深程度,必定要达到稚拙感的美,这种返原的倾向,是艺术上极自然的一个进程!

最近亨利·马蒂斯更见到稚拙的感觉,他常以明快的感觉用大胆的笔触来描写,可说是现代欧洲艺坛上主观最强烈的一人。不过用传统的眼光去看马氏的画,便要加他一个艺术叛徒的头衔,然而我们总觉得他的作品,富有艺人的灵魂。

艺术的创造,全仗艺人的心灵向外表出!如果湮没了自己的心灵,专事模仿和因袭,便是中庸之道。庸俗的艺人,只能在作品上保存一些技巧,绝不能赋予自身的灵魂。现在呢,缺乏内心韵律的艺术,遍染国中,恐将愈趋愈下,然则我们从事艺术的人,怎样去觉醒自身? 怎样去引导群众,那全仗着创造的呼声! 在创造的呼声里,便要振荡将失去的灵魂,快快闯出艺人伟大的灵魂!

原载 1935 年 7 月 15 日《民报》

有了普遍驯染性的人，便不配做艺术家。从一个作家的性质和境遇上说来，与其处于平静不变的顺境，宁可处于常动的逆境。顺境在艺术家身上，并不是好的状态。安安稳稳当个学校里的图画教员，随随便便为商家画画广告，这原来不能配说是艺术家。真有天才的艺术家，没有一个不厌恶那种微薄的工作。讲职业教育的人们，把职业看做至上的权威，但是一个艺术家，并没有正当的职业，就是当教员、画插画，也不过是一种副业，真正把自己的生力在艺术表现的作家，往往不知不觉中造成了自身不顺境遇。然而在不顺的境遇上，却能够使他的艺术欲望专一。

意志强固，身体自由，趣味独立，时间省俭等等，都是艺术家不可缺的要素。一顾现在中国的社会状态之下，要是没有奋斗决心的作家，恐怕很不容易办到。试看现在的艺术家，受了庸众的指挥，反而还自鸣得意，这种人，不要说没有入艺术之宫的一日，就是要想望见宫墙，恐怕还不能够罢！

老实说：真正的艺术家，不愿在社会共通的行为之中混闹，没有丰满的酬报，并不要紧，失去了自由，万万不能的。求一艺之精，完全是安慰自己而利自身的行为，"为他人忙，"不是艺术家的真态度。我们一考查古来东西洋的学者艺术家，大都是"赤贫如洗"，足见他们愿求精神的慰安，不愿求物质快活的结果！

像西洋的艺术家，能得社会人的同情和保护，国中凡有青年特出的艺术天才，都能极力设法帮助，这是他们对于艺术看得十分重要的缘故。一谈到中国的艺术家，受人们的待遇，正是相反。人们对于艺术，视为无足轻重，因此，不但不同情于治艺术的人，而且还要受人们的轻蔑，所以意志薄弱的艺术家，往往受环境的压迫，常弄得一生不振。

现在中国在学校里就职的艺术家，并不是都不会探究艺术的根源，可是一做了学校的教员，制作就不会起劲，他们都束缚在身体不自由和时间消费的缘故。画报纸上和广告上的插画家，被一种轻薄的画趣所在左右着，靠画吃饭的作家，仅研究画的流行和投俗眼的所好……他们并不是绝对没有趣味，不过尝不着独立的趣味，艺术上失去了独立的趣味，就成为平常的东西了。

艺术家职份上的要素是创作。创作，不是在表面的一些工作就能够得着。一件美术品的制作，绝不能够像工人的生活同样去做，因为艺术，要赋予作家的生命，所以一个作家，把一生的精力倾注于制作上，是最要紧的事情！诚实的作家，一日也不肯忘记他的制作，一时也不肯抛弃他的思索，一刻也不肯停留他的制造。对于人事上无意识的事情，少不得要回避一切，有种精力过人的作家，或者能够杂事和制作双方兼顾，也只不过少数罢了。我觉得一个艺术家除了自己像火焰的生命向制作上表显之外，对于杂事，当然要回避一些。不过照我这么说，在一般热心世俗人们的眼光里，他们一定要说是偏狭、奇怪。其实在诚挚和热烈研究艺术的作家身上，并不是偏，也不是奇；就说是偏，就说是奇，也是作家要专一艺术欲望应有的态度。

一个艺术家，非有热烈的情感，便不能创作纯正的艺术！但是艺术的情感，是藏于内面的，不像政治家和商家，专在面子上敷衍应酬。所以往往初看见一个艺术家，表面上很容易使人误解，因为艺术家不必用政治家和商人那种俗套的应酬，他们的热情，是沉潜于内心的，这种沉潜的热情，在作品上去看，很容易看出。

俭约、朴素、贫穷、忍耐等等，都是艺术家应该常常觉悟的。有了奢望，艺欲就不会专一，如果觉悟了上面的话，时间可以自由，趣味也可以独立，艺术的探究，必能深入于无穷！

现在中国真正埋头研究艺术的人，实在没有几个，大半是做了艺术教育者。从想使中国今日艺术普遍方面看来，固然要有提倡艺术教育的必要，但是一方面，我们不得不把纯正艺术的途径认个明白，如果单弄些浅薄的艺术教育，即使艺术普及了，也不过像美国人的艺术一样吧！照这样下去，中国的塞尚不知要到什么时候才能出现咧！

原载 1924 年 4 月 6 日《时事新报》

遍地皆是艺术家？

再没有比现在滥用 Artist 这个名词的了。本来洋画家同油漆匠，雕刻家同塑佛像，音乐家同吹鼓手等等，名称上早有了区别。可是在艺术朦混的中国，竟弄得含糊滥用，不成体统。现在的艺术坛上，不论阿猫阿狗，都以艺术家自命，被雇用在戏园子里画画布景和街路上画画广告，也称艺术家。被雇于婚丧使用的吹鼓手，也称艺术家。会翻印几个石膏模型，也称艺术家。于是艺术家，遍地皆是。但是从他们失掉灵魂的贫弱的技术上看起来，离纯正艺术的途径，实在差得太远。我们要把艺术家这个名词，重新估定，应该有下列的纠正：

不论治雕刻、绘画、音乐等等，能信仰自己为自身抒发情感而制作的，是艺术家。

不论治雕刻、绘画、音乐等等，为他人所支配而失去自身心灵的，是职人。

艺术家与职人的区别，并不单指材料和制作的用度而说，这全然由作者心的状态而起。有的作者，材料用得很好，或者他作品的用途，比较真艺术品广大，要是没有他心灵的发见，那就等于一架实用的机器，他们的出品，也不过像机器上的产物罢了。

纯正的艺术品，完全由作者自身发觉的，依自身的愉快和自身的趣味，不迎合他人的嗜好，才能产生真正的艺术！进一句说：有趣味的制作，绝不会失去自身的愉快，如果不从自身的趣味而专去投合世俗的制作，他的余味就会失去。那种艺术品，便没有永久存在的价值。

纯正的艺术品，也不是单在像手工那样的技巧上面，完全是在自发的精神。忘却自己的愉快，只求投合他人的乐趣，便失掉艺术性。这种没有艺术性的艺术家，结果是坠落在职人工作的状态之下。

艺术也可说是娱乐——诚实的娱乐——倘然没有远缘的思考，便成了一种欺自己的娱乐。现在上海有一班卖画狂的画家，天天应接不暇地涂抹，他们的目的在金钱，只求快，不求精。横竖一般人迷信名家——其实利用他离死不远的年龄，白纸上涂几个墨团团，也是好的。作者倚老卖老，不求艺术之前进，单把他几支画笔当做几株摇钱树一样，拼命向金钱目的上奋斗，老实说：这就是欺骗自己的娱乐，哪里是纯真艺术家的生活？这是职人的工作！

作画的人，譬如念佛人点红圈的记号，一卷心经是用一点做记号，一句阿弥陀佛，也是用一点做记号。看来虽同是一点，然而双方记号的内容，确有极大的差别。可是近来的中国画家，都拿一句阿弥陀佛的记号，当作一卷心经的记号，内容的贫弱，可想而知！一国的艺术，满布了这种欺骗自己的作家，当然成了黯淡的气象，在黯淡的气象中间，难怪一般人混用这"艺术家"的头衔，又难怪遍地皆是艺术家呢。

原载 1924 年 8 月 10 日《时事新报》

　　"艺术是情感的产物"，谁也不能否认这句话。艺术制作，全由追求快感而起，其动机正像小孩子玩耍时具有同样的光景。艺术家为愉快而制作的，在作画的时候，也是凭着一时的愉快，不计较这张作品有什么作用，也不想这张作品将来成什么美术品，完全是作家内部心弦的激动。所以艺术家的感受，要有强烈的刺激，不能有普遍的驯染性。依着作者的性质和境遇上说来：与其有平静不变的顺境，宁可有感情强烈常动的逆境。顺境在艺术家身上，并不是好的状态，真有天才的艺术家，往往在不知不觉中造成了自身不顺的境遇。越是逆境，越能使他艺术向上；越是顺境，越容易使艺术性的刺激渐渐减少。

　　抛却了一切欲念来制作艺术，不但把暂时的名利心忘记，就是这张作品将来的作用，也不可顾着，我觉得古今中外可以留传后世的杰作，只可说是机运。米勒有几句话说得好，他说："成功杰作是偶然的事，不是单依天才和感兴就得成功，第一，要看作家的健康、人格、以及其他不可思议的分子来融合的。一个画家，纵使他一生在大体的作品中怎样好，绝没有五幅以上的杰作。"我们看了米勒的话，所谓杰作，绝不是马马虎虎的作物就可滥用,实在于平常的作品有严格的区别。

制作是艺术家的本务,艺术家人格的表现,也在制作上看出来。但是要完成切实制作的艺术家,当完备三种要素。第一是"精力",第二是"经济",第三是"时间"。在现在中国朦混的艺术界里,有这精力、经济、时间同时具备的研究者,恐怕很少。有精力,没有经济或时间;有经济,或者没有精力;有时间,或者没有经济。只要现在研究洋画的同志们,大家闭目想一想,是不是有我说的情形,恐怕这种情形很多呢!但是我们为经济和时间还可以从个人的境遇上去调剂的。在上面所说的三种要素,最难得者是精力! 一个没有强健身体的人,要想研究艺术,确有了极大的阻碍,而且这种阻碍比经济和时间大得多,因为精力是维持躯干久长的元素,如果一个人精力缺乏,有了制作的时间而制作时间会使你减少,譬如一个有肺痨病的人去研究艺术,不过在躯干保存的有限的期间内为他研究,纵令这个人思想敏活,制作心涌溢,因为他的肉体容易破坏,总不能使他达到美满的境域。我们看到中西古代和现代的艺术家,成功一代有生命的制作,都是有长的寿命,换一句说:有长的寿命,才能发见伟大的杰作。为什么这样说? 因为技术,愈老愈精,思想或者因年龄而退化,但技术是依年龄而渐渐充实。技术的追求,愈久则愈能得到奥妙,年龄愈增,其艺术上返原的意味愈深! 这不是青年画家们所容易同样得到的经验。我虽然不是八九十岁的老头儿,可是从这次来华的杉浦俊香老画家的口里,听他讲过的。

由来有许多短命画家,也有留下灿烂的艺术为后人叹赏,像凡·高只活了三十几岁。艺术的途径上,虽比人家跑得快,但是他留下的优点,也不过一部分罢了。要是凡·高那样的天才,再给他有长的寿命,岂不是更添许多艺术上的发见呢。

然而寿命的短长,虽不是可以预测,但照生理学家讲:一个人至少可活八十岁以上。至于中途的屈死,全是养生适宜与不适宜的关系。艺术原来是超脱的,艺术原来是抒发作家情绪的东西,研究艺术的人,自发上就有陶冶性情的地方，当然和研究别的东西不同，用不了仰人的鼻息，也用不着附属于被使用的态度之下当小卒，没有像军阀的野心，也没有像政治家的希图。老实说：真有觉醒的艺术家，各个都像一个城子里的城主，什么人都不能来束缚。就是有束缚，他非要尽全力而战斗不可。原来治艺术的人，自有个种超实的玄想。艺术家的心胸，真是"海阔天空"。在这种伟大的心胸里，是别有一个天地，在他这个天地中，就把自己浑身都艺术化了！所以一个诚实的艺术家，一生就离不了他诚实的表现！

依了自己制作做本位的作家，对于人事少不得有些回避。寻常人往往看到艺术家带几分神经病或有几分憨态，其实专念于一种事情的人，都有这种主观的脾气，这也是他唯一的表白。这种人，在平常人的眼睛里，都看不惯，实在也不要人看得惯，尤其是艺术家只要"一心顶礼"他的艺术就算了。所以后来的艺术家，大半是孤独的。带了普遍的驯染性，就不免趋鹜社会。趋鹜社会，至少要带些假面具去迎合社会。所以凡是社交过热的艺术家，他的艺术永远徘徊在肤浅的技巧之间，结果，他的艺术便是堕落！

纯正的艺术家，除了自身向制作上像火焰般地热情射发之外，对于其他什么事都要冷淡些。不容说，社会的周旋，是更懈怠了。然而在一般热心世俗人的眼光里，他们一定要说这类人偏迂，奇怪。其实在诚实热烈研究的作家身上，并没有偏迂和奇怪，就是说偏，偏的是忠于艺术，就是说奇，奇的也是对艺术的专一。总之，这种态度，都是作家追求艺术上所应有的。

原载 1924 年 8 月 10 日《时事新报》

艺术家的两个途径

——消极的和积极的

　　受时代思潮的刺激的人们，都在人和社会的自觉上看到的，我们从各部分的生活上静静地探究一下，个人对于社会，利己心对于利他心上，就生出许多藤葛，再把所以生出藤葛的意识上推究起来，应该晓得一个人从出世以来，本来有种个人的自独性。因为这种自独性，慢慢地围绕着社会的生活上，所以常常有种压制，依着个性前进的绘画雕刻及其他艺术等等，要是被社会生活围绕而成功的制作，并不是自己的享乐，尊重个性自身到享乐的艺术路上走的人，常常有脱离社会生活去做个人孤独的生活，照样自己孤独求生活的艺术家，不但限于画家雕刻家，就是古今中外的文学家，也有过许多。他们都是受时代思潮的反拨，要同社会脱离直线的关系，他们并不是以艺术做生活战斗的武器，实在被环境压迫了，觉悟到自己个性不能得社会生活的结果，所以隐避社会专以艺术作隐遁的生活以当自身的慰安。

　　反过来说，在个性发达的社会之中，受了时代思潮的刺激，不管到压制个人的自独性。专依个性内容意味上探追一切的艺术家。他们所取艺术方针，不在消遥自在为己快乐的，他们是拿艺术做人类文化发展的工具，要把文化的价值，归并在艺术上，受时代思想的刺激，立刻要吸收这时代思潮，站立在社会的直线上，他们要想做思潮的大纛旗，并且还要拿艺术做战斗时代的武器。

前一段所说以艺术做隐遁生活的，是死的艺术，后一段所说以艺术作时代斗争武器的，是生的艺术，换一句说，前者是过去的艺术，后者是现在的艺术。

现在中国的社会，固然容不了纯真的艺术，这不过是消极的话，然而艺术的创作者，都相信自己创作品上优秀的价值，产生优良艺术，自然不容易得客观的同感，虽然当时不能得客观的同感。常常到了后世，认为一时代的大特色，反过来说，有的作品，在一时代非常受客观的同情，到了后世，视同废物，从这种地方来看，艺术的制作，完全是从人而成立的，自己的人格，反映到作品上去的时候绝对顾不到客观的同情与不同情，我国向来只有帝王式的艺术。贵族阶级的艺术，试想历朝的艺术品，大半供给帝王和贵族娱乐的，与民族没有什么影响，但是我们要晓得现在确不是这样时代了，大家应积极地来从事民众艺术的运动才是。

原载 1925 年 5 月 17 日《时事新报》

艺术源泉的生命流露

艺术是爱的使命，不是憎恶的使命！表现贫苦人的生活状态时候，也不是为妒嫉有产阶级而生的一种刺激手段！

米勒，是赞美劳动主义的一个民众画家，他当时的艺术生活，可算得贫穷、孤独、冷淡，但是他在艺术以外并没有生起别种刺激的感情。所谓为艺术而求艺术，是有自身独特的个性！所以他一生的制作上都充满着自己的人格在个性上表现的。反过来说，如果研究艺术的人，受着了艺术以外感情的刺激，或者被他种感情所引诱而生起的艺术，这不是正当的道路。像这样的艺术，不能认为他是真的艺术……真的艺术，是从内部要求的冲动，有不得不表现的光景，万不可有他种不纯洁感情的分子混入。当拿画笔或雕刻刀的时候，就有像泉涌那样内心的激动，差不多把自己的灵魂融化到材料中了，在这时候，既不能混入他种不纯洁的感情，而且还要把自己融化在材料上去的灵魂溶解起来，自己的心灵不知不觉地入于神境，到这样光景，就有生命的作品出来了。

照上面说来，技巧成熟的艺术动机，全然是由纯洁的个性而起，在绘画或雕刻上，如果抹杀了个性，要像泉涌似的表现力，就无从生起，但从个性受别的东西的刺激发生了动机直到表现成形，那表现力，是有积极的和消极的两种，这都从社会的意识而来。再从个性四面围绕的"雾围气"、"时代的思潮"上观察起来，也分有积极的和消极的两种，在个人性格上刺激。依着这性格的刺激，在深远广大上进行的，就是现代生活的要求。

受时代思潮刺激的人们，都是从人与社会的自觉上而来。我们从各部分的生活上看来，个人对于社会，利己心对于利他心上，生出许多的藤葛。所以生出藤葛的意识上推究起来，我们就晓得一个人从出世以来，就有种个人的"自独性"。这自独性因为围绕在社会的生命上，所以常常有种压制，依着个性前进的绘画雕刻以及其他艺术等等，要是被社会生活围绕而成功的制作，并不是自己的享乐。尊重个性自身到享乐的艺术路上走的人，那末，非脱离了社会的生活，单去做个人孤独的生活不可。照这样自己孤独求生活的艺术家，不但限于画家雕刻家，就是古今中外的文学家，也有过许多，他们都是受时代思潮的反拨，要同社会脱离直线的关系……他们并不是以艺术做生活战斗的武器，实在被时代思想刺激了，觉悟到自己个性不能得社会生活的结果，所以隐避社会，专以艺术作隐遁的生活来安慰他们。

反过来说，在个性健全发达的社会生活之中，受了时代思潮的刺激，不管到压制个人"自独性"，专依个性内容深味上探求一切的艺术家，他们所取艺术方针，不是逍遥自在为自己快乐的，他们是拿艺术做人类文化发展的工具，要把文化的价值归并在艺术上。受了时代思潮的刺激，立刻要吸收这时代的思潮，站立在社会的直线上。他们要做思潮的纛旗，而且他们还要把艺术做战斗时代的武器。前面所说以艺术作隐遁生活的，是死的艺术，后面所说以艺术做时代战斗武器的，是生的艺术。换一句来说，一个是过去的艺术，一个是将来的艺术。

用历史来说明以艺术表现社会生活，比较地容易明了。希腊罗马最先的艺术，有肉体的、享乐的、战斗的种种。在绘画和雕刻上的曲线、色彩，都是这肉体的、享乐的、战斗的上面存在。自从到了中世黑暗时代，都成了现世回避的、禁欲的、宗教的了，在这时候的绘画，差不多统统是宗教画，雕刻亦都由宗教而存在。但是到了鲁纳桑司时期，把这中世黑暗的幕帘揭开，绝叫解放人间性的艺术，仍旧复兴希腊的精神。米开朗琪罗、列奥纳多·达·芬奇等名家，次第出现，当时他们却做了时代文明的先驱者。再从别个方面看来，就要简单的分做古代、中世、近代三方面来说：古代是贵族专制时代，中世是法王万能时代，近代是资本家横暴时代。这艺术不论在哪一个时代，都被时代支配的阶级上所限制的，艺术家因为拥护支配的阶级，所以艺术的形式，逃不掉时代的支配。

艺术虽然逃不掉时代的支配，但是艺术的本身上是有绝对的价值，所以艺术家受不着什么权威的冒犯。真的艺术作品，有超越时代的永久生命，不论是谁，当保护艺术的尊严。以自身自由的精神做时代的支配者，也只有艺术。

我们不论看到哪一代艺术生命的保存上，在产生作品时候，都同时代有绝大的关系，所以艺术的价值，不可不看作与时代是相对的东西。

艺术创作者，都相信自己的创作品上优秀的价值，也许在客观方面没有同样的感觉。虽然在当时不能得他人的同感，常常到了后世，认为是极大的价值。反过来说，有的作品，在一时代非常受客观的同情，到了后世，视为废物。从这种地方看来。艺术的作品，完全是从个人而成立的。自己的人格，反映到作品上去的时候，顾不到客观的同情与不同情。

艺术是指导社会的原理，发展人类精神的要素。在时代的权力之下，虽然被时代思潮的刺激，但是他的内容都由个性的胎内产生出来的，同时在社会上有积极的使命！

我国的艺术向来是帝王式的艺术——贵族阶级的艺术——历朝的艺术品，大半是供给帝王和贵族当作娱乐的东西，与民众可说没有什么影响。现在却不是这样的时代了,大家都要打破这个迷梦来从事民众的艺术运动! 我们总要做个"爱"的使命,谋人们的幸福! 和平!

原载 1922 年 7 月 5 日《时事新报》

近代艺术运动与艺术教育

关于写这个问题时,先要把艺术输入西洋绘画的渊源,略加申说,然后再写到学校方面的艺术教育。因为中国教育上采入艺术这一科,最早是从绘画而起,其次加添音乐与手工,虽说最初受日本艺术的影响,但是图画上采用西洋画理,确远在日本人提倡教育以前。

西洋绘画的输入中国,远在明末。明万历年间(西历16世纪末叶)有位西洋传教师兼画家玛利窦到中国来传教,那时候从欧洲带来的西洋画,在国画上多少发生了影响,但是玛利窦的画学,结果被中国画所感化了。

我们最容易明白国画中参考西洋画的,并且可以指出证据来的,就是在明末清初时候。自从天主教传入中国,因各种宗教上生起反对,但是取缔的方法并不严历,也有文人及官僚皈依天主教的。讲到画家方面,前清代表的画家四王吴恽中的吴历,就是入天主教者。当时吴氏在澳门写给王石谷的诗文,内面历述天主教义,这是吴历归从天主教确实的证据。吴历画面上浓郁的设色及远近法透视学等等,确有采入西洋的画风,但是这远近阴影法利用于国画,在清代盛行时期,还要从郎世宁（意大利人）到中国之后说起：郎世宁从青年到中国，一直在中国过了五六十年的生活，最后殁于中国，现在北平还留有郎氏的一墓。那时很受乾隆帝的宠爱，朗氏常用西洋画作中国式的绘画，山水、人物、花卉、走兽、飞禽都能惟妙惟肖，现在北京和奉天的宫殿中还有很多。北方的画家，如袁江、袁雪、袁耀等的绘画，时有采纳西洋的学理，不过上面所述的中国画受西画的倾向是间接的，并不是整个的变迁作风。那时因为看到西画的新奇，偶然在自己的作品上流露出来的地方，只能说画风的倾向，不能说材料的采用。用西洋画材料作西洋画，并不甚早，我所知道的，还是在民国前二十年，那时候，香港上海各商埠，常有欧洲画家来游历，西洋的印刷物也逐渐输入，当时一般好奇的人，自然也去习西洋画，因为那时材料不完全，又不会用，而且没有公共赏鉴的机会，不过是随便玩玩罢了。

国内通商最早的地方，当然这西画输入的机会就多，上海是现代东方第一个通商口岸，洋画的熏染，自然要来得快些。上海最早尝洋画滋味的人，要算土山湾天主教所立的那个学校。他们设各种工场，专收贫苦的中国学生，其中就有绘画一科，完全教授西洋画法。不过他们造就出来的几个中国人，都束缚在描写"玛丽亚"、"耶稣"一门的宗教画，并不讲什么学理。其中也有几个聪颖的，就依向来国画自由作风，画成优秀的绘画，这种绘画，便是当初的西洋画了。

国内艺术教育的起源，虽在民国前二十年，但是艺术教育的输入，还受了日本的影响，不过那时学校中并不作为主科，是属于随意科的。不关紧要地过了几年，直到民国初年，我记得李叔同先生在浙江师范学堂当艺术教员，便有绘画、音乐等主科，不过当刚懂得这科意义的人太少，李先生是日本东京美术学校西洋画科先期的毕业生，其时日本正输入印象派艺术的时候，他对于洋画有深刻的研究，并且是我国正式习洋画的第一班人。他在杭州当艺术科教员时期，社会上可说没有人感得到洋画的兴味，听说有一次开展览会，李先生陈列一张很大的油画，一个英文教员很瞧不起地说:"西洋画有什么稀奇,至多给他三块钱,可说买到了。"这样一来,把李先生治艺术教育的勇气倒退了一大半(李先生就是现在出家很久的弘一和尚)。

我在民国三年春,集画友沈泊尘、陈抱一等办过一个东方画会于沪西,那时也仿日本研究所的办法,设石膏模型写生,废除临画,有时还作着衣的人物画。因为教授既缺经验,习画者也提不出多大的兴味,半年以后,就停办。几个创办人,感自身求学的必要,便相继赴日本留学。美术学校、美术研究所等名目,虽然在民国元年以后发现,当时社会人士,以为"图画"也要设学校,认为不必要之举。社会既缺同情,办学者亦少经验,学校里的艺术教材更谈不到周密的设施,可说是一个尝试时期,少数人所作的西洋画,都趋于实用方面,仅可称做工艺美术,既少完全的艺术教育,更淡不到纯正的艺术。

展览会这个名词,现在到处都普遍应用了,但是展览会的起点,是民国二年在张园(以前在静安寺路)第一次举行。其中陈列一部分国画与洋画,那时候所称洋画,无非是国画的变相,幼稚固不必说,因为那时作画的人,并没有在洋画正当的途径上走,几乎连洋画的名称,还弄不清楚。所以一般赏鉴者,更难懂得,同时讲到中学校以外的艺术教育,都抱着"有若无"的观念。每个中学或小学里,虽设艺术科,仿照日本学校里的学程,分作图画、唱歌,当时大半是体操教员兼授,艺术的专门学校尚且谈不到正常的艺术教育,中小学自然随便点缀罢了。

自民国三年至十年,艺术教育,随着时代的需求,虽有些进步但是并没有显著的艺术运动。在民国十年以后,习艺术和艺术教育的人,渐渐增加,往日本和欧洲研究美术的人,也次第增多,北平首先设美术学校,聘留法画家吴法鼎先生为洋画教授,中国艺术学校传授学院风的西洋绘画,实依吴氏为始。上海及各省的私立美术学校,也设立了许多,皆聘请留欧及曾研究绘画者为教授。教授主科,用实物写生、生人模型等,废去临摹画片的弊病。展览会常有听见,北平和上海、广东各处,年中也有几次绘画展览会举行，新闻纸上也有得看到艺术的文字，美术学校学生人数，自数十人增加到数百人。各地中小学校，对艺术科也有些相当的注意了。

民国十二年春教育部修改课程，对于艺术科的纲要，也修正一次。把学校里的艺术科定为必修科，课程的内容讨论许久，其最要的一点，把学校艺术科的图画，须改临摹为写生。但是按诸事实上调查，仍没有切实进行，当上海和苏州、南京等处开中小学校艺术科成绩展览会时候，当时由我审查的结果，各地方各学校里还是施行一种畸形的艺术教育。各地任图画教员的人，他们所持的教授法，大致分为两种：一种是国粹画，一种是西洋画。教材方面，大半采用各书局的范本。从前的画本，除商务书馆有几本可以作参考者外，其余书局所出版的，皆系还是抄日本明治时代的图画教本。也有几处学校，采用写生，但是他们写生的方法，还是有名无实。在一个普通教室里，拿一件写生的对象，摆在学生面前，教员先代学生把那物体画在黑板上，并没有将写生原理讲给学生听，学生也只得假装着写生的模样，其实还是模仿黑板上教员的描法，这种写生，并不彻底。

在修正课程纲要以后，我们很希望各校实行为时代的艺术教育。而修正后的数年间，依然如旧。各处师范学校设艺术专科的，虽有几校，如当时南京第四师范，即首先创办，专为造就中学校的教员人才，但是只有一年，便停办了。别处未设立这科的，便敷衍过去，因为在这种情形之下，要聘请中学和小学校的艺术教员，便缺少专门人才。办学校者，不但不选专门人才，而且还要兼授别种学科，那种教员的技能，当然不会充分，纵然有充分技能，也不能尽量发挥。

从民国十二年至十六年，内战频仍，教育经费常起恐慌。办教育者，对于艺术教育，无暇顾及。便无声无息地过了几年，直至国民革命到达南京，教育事业忽转晴明，艺术教育便继续演进。十六年，大学院创设国立艺术院于西湖，中央大学设艺术及工艺科，上海及各地骤然增添许多艺术学校及研究艺术的团体，每年举行展览者，皆接踵而起，这也可说是中国艺术教育转机的时间。

民国十八春，教育部举办全国美术展览会于沪市，陈列古今中西美术，日本人之现代洋画。当时我在国外，异常欣喜，以为中国每年可有国家美术展览会了。自从开过第一届以后，至今仍没有声息，我想迟早还是要继续举行吧？

自全国美展以后，社会人对于艺术的赏鉴，至少生起了一个概念。对于集团或私人所举行的展览会，也有相当的同情，从艺术的宣传，也鼓动了各作家的努力，同时在国际的艺术方面，也引起了相当的注意。中国与日本常有联合展览会之举行。艺术教育用广义来讲，凡灌输民众艺术常识的美术品展览会，当然是不可缺少。但是要民众真正得到艺术趣味，不是少数集团和少数画家开几个展览会便能满足。根本的普及，还是要从学校里的艺术教育着手。学校里的艺术科（指图画、音乐、手工），足以开豁学生的智慧，助长学生的兴味，浚发学生的思想，并且在各种学科上，也有互相联络的作用，向来中国教育上及一般人的心理上，认为艺术是种特别少数人的事业。时至今日，对于各种新观念在教育上，已在日渐扩张，艺术应当做一种人类普通活动的表现。图画、音乐、工艺等等，并不是几个专门家所独具的产物，是人类普遍应有的知识。进一步讲：爱美和求美，不是神秘的事，也不是个人独享的利益。要知爱美和求美，是基于人的天性，国人苟能明白这个解释，对于艺术的观念，就该打破旧成见而另转个新面目了。同时还应该把艺术看作一种社会的利益，实是凡人应有的教育。我们更须认为艺术是人们生活中不可缺的调和剂，更论其主要目的，大概可分为下列两种：

一、"使人人养成美术的趣味"。审美本领，固然人都有，但感觉器官不常用或不会用，久而久之便麻木了。一个人麻痹，那人便成为没趣味的人，一民族麻痹，那民族便成为没趣味的民族。美术的功用，在把这种麻痹状态恢复过来，使没趣变为有趣，所以学校的图画、音乐等教育，就是要人人得些美术的常识，更使他们的审美力扩张以养成高尚趣味，进而言之，使社会养成美的风尚，艺术教育的关系至大。

二、"艺术与实用的联合"。学校里的艺术教育和其他的学科有互相通用之点，即依图画而论，也不是尽会涂抹而已。譬如地理、工科、物理、习字等等，与图画都有几分互相的关系。而且都要依几种特长的要点贯彻于一个目的，就中尤以工艺一门，更容易显出图画教育的效力。

上述两种实施艺术教育的意义，是民国十七年春季，受大学院嘱托，叫我审查艺术教科书以后的贡献。我们并不希望社会都去做艺术家，是期望国内民众多有鉴赏艺术的兴味。要民众养成鉴赏艺术的习惯，非切实提倡艺术教育不可。过去的三十五年来，照我上面拉杂所写的看来，并不是没有进步，因为我们的期望很切，便觉得缺少长足的增进。时代不绝地向前跑，学术界追求这时代的精神，是唯一的使命，尤其是艺术教育在自由启发思想的现代，不得不有相当的注意。

依目前教育的主旨上观察，对于艺术教育，已经相当的设施，师范和中学既经设立艺术科，今后更须注意的，就是小学校和中学校的艺术教育。

儿童教育中之艺术科，是养成能鉴赏、能了解艺术的出发点。陶冶儿童的艺术心，启发儿童的本能。在儿童的本能，在儿童教育方面，不得不有共同的提倡。现在欧美日本，对于儿童自由画，每年都有展览会，且对于儿童本能上的艺术心的培养，比成人还要紧得多。关于儿童画教授的方法和目的，都须含有美的要素，使儿童从本领上发生美感，引起爱美的兴味。

艺术教育，其目的在发表对于美的鉴赏及创作美的能力，所以在教授的方法上，不能不有一种商榷。兹将我对于今后改革艺术教育的看法简述于下：

一、采用西洋画：西画最初入手，就照对象写生，初习者，纵然轮廓画不准，色彩辨不清，比较临摹确胜过几倍。临摹最大的弊病，使学者束缚,图画除了使用材料讲些方法外,别的不一定要限于规则,苟能脱去临摹的羁绊,便会养成自由创作的能力。

二、参习图画:图案画分规则与不规则两种,不规则的,叫做自然图案。学校里应取自由图案,使学者能自由创作,其方法是依写生画,变其形式的色彩,构成各种应用的图案的式样,须使学者,表现思想的能力和自由创作。不可专事模仿,为将来欣赏应用图案和实际为自作图案的预备。在欧洲各国,对于图画助长工商业的发展,已成显著的例证,所以在学校艺术教育方面,不能不有锻炼的必要。

三、采用课本:在现代的艺术教育上,已将采用教本这个例子,早已打消,但是国内有许多学校的艺术教员和学生,还是要去用那种课本,尤其是近来各书局,竞出以"时代"或"现代"做名目的图画教本。按其内容、印刷既不良,材料又浅薄,那种课本,至多只能作一种参考,万不可呆板地去模仿。

四、石膏模型练习:中学校应该实行描写石膏模型,绘画的初步,最好用石膏模型,因为光暗易辨,轮廓易分。养成技巧上眼和手的练习,最为相宜。造型艺术的根底,也基于此!

五、国画的认识:艺术无国界,这句话,我们常常听得,但是东方的绘画,在历史上是中国最早。为实用和便利练习方面,所以采用西洋画,但是中国人应知我国固有的绘画。假使将来要做艺术家,绝不能单在皮毛上画洋画,还是要从洋画的教养移植于中国的绘画上去的。近来有许多人,以为洋画与国画,有一个显然的界限,在我以为这是错误的观念,所以今后的艺术教育上必须灌输这种常识。

艺术教育原来还包括音乐、手工及其他,但是本文专以绘画做立场,须知造型艺术,为学校教育上比音乐手工更为重要,关于音乐教育的讨论,我没有经验,未敢多述,这是要特别声明,并希读者原谅。

原载 1933 年 7 月 17 日、24 日《民报》

国画上「六法」的辩解

从来东方绘画上最尊重的要领——"六法"，只要稍解绘画的人们，都晓得"六法"的紧要。这"六法"的名词，是在南齐谢赫所产生的。《古画品录》上，最早就见到了。但是从唐朝张彦远以降，经过了许多论画者的评判，到宋朝郭若虚，称谢赫的"画六法"为万古不移的精论。现在把《古画品录》上的"画六法"，先写出来：一、气韵生动。二、骨法用笔。三、应物象形。四、随类赋彩。五、经营位置。六、传移模写。

自谢赫创设"六法"以后，一直到现在，差不多成为东方绘画上的格言。再从"六法"上抽出来的"气韵生动"，在中国画论中，更看得重要。由来论国画的人，没有不视为"金科玉律"，并且常常从气韵生动上生出许多问题；第二，就要算"骨法用笔"。从"骨法用笔"四个字推说，就是要尊重笔意和笔气，国画上亦是最注意的特质。至于第三、第四、第五，也是一幅画成立上不可缺少的原则，然而这三、四、五三种，并不是国画上特异之点。讲到最后的"传移模写"，在古时的国画上，并不重要，不过后来成为习惯。国画上的"气韵生动"固然可贵，但笔法的修炼，在历来的国画上确也是紧要的条件。

一千四五百年间相传下来的"六法"早成了不可移动的铁则,不过我们还要想一想,这万古不移的精论。是不是谢赫一人全然独创出来的? 以前究竟有人说过没有? 又是不是都要依着"六法"作论画的根据? 为什么不可以拿五法或七法来讲呢? ……这都是从来论国画者应有的疑问吧!

我近来看到元朝汤垕的画论,他同谢赫的说法,多少有出入的地方(下面说明)。又看到明朝谢肇淛论画,他把"六法"的前后夹着许多相异论调。虽然历来也有几人超脱的言论,可是中国的艺术,向来重视传统,旧习惯总不能免除;任凭一时生起了疑问,确还是十分地崇拜古人,所以到今日一般治国画的人们,还相信这"六法"是南齐谢赫发明的。

近来又看到英国人勃朗论印度画一书,其中有一段说及印度佛教时代以前,有"印度画六个树枝",是印度绘画上第一原理。创出这原理的人,还是生存在西历纪元第三世纪,名叫乌哀气约爱约奈,他所著的书中,有这样拔萃的精论,现在把"六个树枝"的意思,节译如下:

一、吸取物体的形状。

二、不能误认大部分的组合。

三、在形面上现出物感。

四、再现艺术的美。

五、逼似本物。

六、用艺术的笔触与色彩。

勃朗氏的著作上,更说明印度佛教时代的壁画和后代的绘画当中,都忠实遵守上述的法则。这印度的"六个树枝",在纪元后第三世纪。中国的"画六法"在纪元后第六世纪之初。法则的数目既然相同,双方的概念亦相近;从这一点看来,中国画的六法,或者含有古印度艺术的暗示?

照勃朗所述,中国谢赫所创的"六法",是借用印度画上的古法则而来,勃朗有三个根据点:

一、数目相同。

二、类似的地方很多。

三、时代的先后。

照上面勃朗氏所举的根据点,(二)类似的地方和(三)时代的先后,不能说是确实的证据。就是(一)数目相同,或再也是一种暗合。不过为什么一定要限于六种,确是很难追求的地方,或再从中国的文学方面推测起来,六朝的四六骈骊文,确有种强烈的对偶。从那种文学上韵的连络,在绘画方面亦是应有的必然性。然而以后论画的人,把"六法"的范围改变的就很多,如汤垕画论上所载:

"观画之法,先观气韵,其次笔意、骨法、位置、传染,然后形似,此为六法。"

这种论画的口气,还是依据谢赫的"六法"而来不过见解上已经有些不同。再从《小山画谱》上所载明谢肇淛论"六法",确道破"六法"的究竟,其述如下:

"古人言画:一曰气韵生动,二曰骨法用笔,三曰应物象形,四曰随类赋彩,五曰经营位置,六曰传移模写;仅知此数者,安能得画中三昧与夫古人之法耶?是以今之设施,不啻枘凿。以'六法'言,亦须知经营为第一,用笔其次,赋彩又其次,传模当在画内;所谓气韵,则画成而得,若一举笔即谋气韵,不知从何著手?是以气韵第一,乃赏鉴家之言,非作家之法也。"

照上面一段话看来,传移模写,并不是重要的特点?观汤垕与谢肇淛等的论调,谢赫的"六法",是依赏鉴的态度而言,并不是依作家的地位而发。所以鉴赏家,没有说及传移模写的必要。因此,汤垕论观画法当中,并没有将传移模写列入其内。当时谢赫依鉴赏家的地位创说"六法",他还是纯粹守着批评家的态度,至于传移模写,或者因为排列"六法"顺序适当的缘故而加入,也未可知。但是我们现在看到画法上所定第六个传移模写。在批评家方面说来固然得当,然而在创作者方面看来,简直没有什么意义!

从勃朗氏所举第二个双方类似的吟味上看来,中国的"六法"和印度的"六个树枝",虽然发生了证据,这还是地理上的关系。我们要说明"六法"与"六个树枝"的究竟,最可使我们注意的,就是顺序上的不同。还有一层,"六个树枝",并不是是对鉴赏家而言,大体是创作上所经过的顺序。这是同谢赫所述的"六法"很有辨别的地方!

拿"六个树枝"一个个分析,又用现在的术语翻译起来,第一个,就是明暗法,第二个是远近法,第三个虽没有适当的译语,但是"六法"上的气韵生动,正可嵌得,第四个是构图,第五个是形似,第六个是设色用笔。

再拿上面译成的术语和"六法"上对照如下:

第一明暗,第二远近,第四构图三个综合拢来,就是当着"六法"上"经营位置"。

第五形似,当着"六法"上"应物象形"。

第六设色用笔,可包含"六法"上"骨法用笔"和"随类赋彩"。

第三正适合在"气韵生动"。

除了第三和第五类似之外,其他有三个成一个,也有一个中含有两个出入的;但是"传移模写"在"六个树枝"上,并没有留着一点痕迹!

既如上面的分辨,我们就该晓得勃朗氏所指的类似,不过在"骨法用笔"和"气韵生动"上面。国画和印度画,不能说没有亲近的关系,但勃朗氏所说:"中国的'画六法',是借用印度画的法则而生,确不能使我们完全相信。"

进辩一层:从印度画学的译语上看来,原来同西洋的画术,很相接近。我们也可以说:西洋画都受印度的影响而起,更可以说:西洋古时画学的法则,都从印度画学法则而生。然而这种说素,既没有充分的考据,却也难讲。所以勃朗氏所指的证据,我们就不能深信无疑!

综观上述来做个结论吧!我国自谢赫创见"六法"以来,国人莫不深信是千古不磨的伟论，也一些不疑地当自己所有的物；但是依勃朗氏的新说，不是把我们千古不磨的伟论上起了疑点吗？假使肯定勃朗氏的说素，那么一千四五百年间的"六法"还不是种变形的东西吗？其实不然，中国绘画的根源，原来不是南齐时候起点，直可追到上古。不但不会借用"六个树枝"，就是着力点，也完全不同。我可以再申说一句：假令"六法"是受印度的影响，到现在早就中国化了。

原载 1923 年 6 月 14 日《时事新报》

　　国画崇尚抽象的空想，洋画注重描写实体的具象，国画是写意的多而写实的少，洋画是写实的多而写意的少，国画是超越自然的，洋画是服从自然的；这是从来许多人评判东西绘画的一种概说。

　　空想的国画，全力倾注在活跃之气，"气韵生动"可说是过去国画上的命脉。写实的洋画，全凭感觉到的实体现象而起，"真实描写"是过去洋画上的要素。这也是从来许多人论东西洋绘画根本上的相异之点。

　　我们既明白上面的概说和相异之点，就该晓得空想和写实两方面的距离差得很远，中西绘画上既走了各的方向，不同的作用，由此而生，亦由此而起了各有优秀之点。

　　伸张了自由之翼，专崇尚于空想，把一切自然界漠视，只显出一种超脱和爽快的妙味，这是古来中国画家唯一的信条。到了现在，还是紧紧地继承着，固然在国画上，不能不说是种特殊的精神，但是艺术绝不能与时代分离。仅在前人发现的艺术上揣摩而不跟着时代前进者，是徘徊停顿的艺术，先人既有极好的遗产留给我们，我们就该从遗产上开拓进去,可是我们一顾现在的国画家,不但不向着时代上开拓进去,几乎连先人的遗产都挥霍殆尽。所以今日东方的艺术,已经落于人后了。

但是,我觉得现在肯努力的艺术家,还有其人,迷离于过去的顽固者,固然没有什么希望,但是新进的青年画家,应该出来奋斗!一方面从事整理,一方面从事开垦,然而这种事业,绝不是几个人可以包办的,必须要大家起来做时代的艺术运动。

日本人的绘画,从前都受中国的影响,所以从前他们也把因袭、临摹等等习惯,随着中国持为同样的信条;然而近二三十年来,却忠实于自然,勉励写实,最近几年间,写实风的日本画,竟风靡于一时。考究他们的变态,一方面是受着西洋绘画的影响,一方面他们是要打破从来传习的信条而振救画术的沉沦。日本画家可说是对于东洋画(概括中画国画和日本画等等)最先的觉悟者。近来日本人的新日本画,是优是劣,暂且别论,单从他们各作家的努力上看来,确已创出了一个新的途径!

前几天,我听到一位研究国画者的谈论,他说:"国画家,须在无法中创出有法,集百家之法,而合于我法,是为上乘⋯⋯"照这样说,古人论画集上,我们已看得很多,中国的绘画,都是蒙着这几句油滑的论调所弄错了。我以为艺术,全然由自己的视觉和心灵融合而成。所谓百家之法,亦由此而创出,我下面且把这个意义来说明一下吧!

绘画全在视觉的世界中,所谓创作的活动,都仗视觉的作用。这视觉作用,先要把眼睛的知觉做第一机能,眼睛向外界映照自然时候,眼睛中的网膜,就是吸摄印象的反映镜,但是单依印象的摄受,是机械的事情,还要加以心灵的作用在知觉上方能成其形状,懵懂人的眼睛,网膜上虽然映着各种物体,心灵上却一点没有什么知觉。反过来说:能够依着心灵上去活动,网膜上虽然模糊,印象确是非常深刻,这种从受动的状态移入能动的状态上,就成为一种映象;再从这映象作用构造而成的,可名之为表象作用。所以映象中对于外物的印象,在心灵上活动的最初就很清晰。又可称为客观的映照！再从这表象作用活动在客观的映照上，就是写象作用！

绘画的制作，原来是发展表象作用，拿视觉世界做要领的绘画，不得不在自然的印象与映象的真实而来，从这样看来，写实这个名词，似乎不能轻轻抹杀。

绘画上"迫真"两个字，是东西古今都不能不看重的。不论写意和写实都要描出一个"迫真"的要点，这是绘画观照者视觉的诉述。换一句：也就是观照者在眼前现出的一种事物，作家既明视了一种事物，当然要把它彻底描出。感受敏锐的作家，必有确实的映象。所以印象和映象，在自然中，同作家有直接的关系。作家如实说明，也是当然之理！印象的敏锐，映象的确实，都是探求自然界重要的条件。

印象的练化，映象的固定，全与自然界有连带关系，绘画上所谓"迫真"的意义，也含在其中，所以自然的探索和自然的接近，实在是绘画上必要的锻炼。

进说一层：人的思索有限，自然界变幻无穷，借大气而启发自身的智慧，是艺术家应取的途径！

既明白上面所述绘画的要领，那么，我们现在作画的人，第一步就要向自然界纯粹的物体深究，深究之际，要在纯一无杂念的视觉活动上修养和锻炼；但是看一种物事在眼睛中映照的形象，并不是单像镜子里缩影似的那种反映，就该如上面所说："应用映象，是要用心灵捕捉固定的表象。"换一句说：就该从心灵活动上显出纯一无杂乱的知觉表象。

由来欧洲的艺术家，尚空想，贬写实；贵写实，默空想，虽各偏于极端，但是他们在艺术修养时代，确都亲热于自然，中国的画家，古时并不是都崇尚空想，也有许多特出的画家，向自然界中求生活的。米家父子山水画，能写烟云的极致，都是从接触自然界而来。现在的国画家，不从自然界求法，仅在古人画幅上求法，古人的法，即使给你求像了，也只能说是代古人做种复制的东西。

近来研究国画的人们，很瞧不起研究洋画者，他们对于洋画，似乎与国画漠不相关；其实研究洋画的人，多少含有改革国画的意义，虽不能说将来一定有什么效力。现在的绘画，从洋画修养的方法上来研钻一下，倒也不可缺少。要晓得假用自然而发挥作家心灵的方法，不仅限于洋画上应用，就是专治国画的人们，也应该试验。在试验中，我们姑且不必在成功上着想，试验的第一步，即从素来习惯很深的陈法上变更一下。我确信接近自然的研究，总比较模糊影响的临摹要强得多咧。

原载 1924 年 9 月 7 日《时事新报》

自然与国画

　　我国画学上最发达的是风景画。古时虽也有擅长人物的作家,但是作山水画的,总比较人物画家来得多。不过从前作山水画的国画家,绝对不是像西洋画照了自然去直接写生。大概都从各作家心意的创出而成为一种意想的描写;但是运用心意来创作一张画幅时候,对于自然并不能说绝对没有关系,我们只要看到有名的古画,就会想到作家和自然界有互相的呼应。就是凭空构造的画面,也由接近自然后的记忆而起。由记忆出来的画趣,已经受着自然的感化了。险峻奇拔的山岳,瀑布连天的江湖,千里无际的平原,都足以引起作者的感情,同时对于那些伟大的自然力,更能使作家涌起崇高的艺术心。

　　登了高山,一望那自然界蕴蓄一切物体的状态,山川的起伏,颜色的幻变等等,都能包罗无尽的画理。我国古代的画家,虽然不是像洋画家写自然界的色彩,但用笔墨略勾大体的轮廓者很多,从这点上看起来,单用线条的略写法,我国画家早就见到。所以我艺术家天才的扩张,最初就该和大自然接近。为什么这样讲?因为单用空想,容易想穷,等到想穷时候,还是固守一部分,那么,很容易消灭作家的生力。如果不能把作家自己的生力往前扩张，更不能显示自然界伟大的力；所以艺术要高唱脱离自然，还是要由接近自然而来。换一句说：超自然的艺术，固然是好，但是接近自然的一层阶级，也不得不经过的。

画家接近自然，常依着自然的环境而生起不同的表征。就依南方与北方来讲：南方的山水，柔顺温和；北方的山水，严峻险怪。南方繁树的山，艳丽的水，到了春日最能显出山水的特色；北方无木之山，涸水之川，到了冬天愈现出一种伟大的特征。春雨霏霏时候，南方自然界更显出缥缈的感觉。寒风凛冽时候，北方自然界更显出崇高的感觉。不论接近哪一方面的画家，总不免带着那一处自然界的特征。以前国画上所谓南北宗派，大半是依着南北作家对于自然的环境而起；所以画幅上，山岳之趣，常见于北派画。河川之趣，常见于南宗画，不过也有综合的国画，就是拿北方和南方的自然趣味互相调和。以前所谓北山南水，北马南船，后来也有融合在一幅画上而特辟一种画趣；这种南北调和的画面，在明清两朝的作品上最多。

从上面所说的地方看来，从前国画上确有创意的精神，不过后来习画的人，太注重在固定的方法。方法的第一步，照了师傅的手笔去临摹，师傅的手笔，也脱不了太师傅的影子。高妙一点的画家，抄袭古人的画面为己有。我现敢大胆地说一句，近几百年来国画的精粹，确把那班抄袭的国画家消灭尽了。思想麻痹了，单发达两只手，变了匠人的工作。手法愈熟，往往愈见到鄙俗，这是在现在一般国画上可以看出，也是现代国画堕落的一个原因。

艺术的制作，一方面借自然的助力，一方面确不能离开思想。思想怎样深刻，艺术便怎样充分；思想平凡，艺术便庸俗。思想的全价值，常常可拿艺术来代表的。所以运用己意成为创作，是艺术上必要的一回事。

艺术上并不是单取表面之美为满足，要有永久生命的艺术品。必须深究潜在内奥之美。现代的中国画，只知表面的技巧，没有太注意潜在内部深奥的美，这就是缺乏亲密自然的缘故。单提出表面美的作品，骤然看来，虽也能使人们得着整理的美感，但是那种没有永久无限的美潜入内部的作品，不过是平凡的艺术品罢了。

原载 1923 年 9 月 30 日《时事新报》

国画上地理的观察

古来论国画，都从历史的观察做唯一描写，从地理的观察者很少。我现在感觉到国画有从地理方面观察的必要，所以选了这《国画上地理的观察》做题目来试述一下，虽不能说发前人所未发的画论，确是我对于近代国画衰微的一个概念！

一　国画与自然地理

从画论上看到中国的自然地理，用句简单的话说来：叫做三远。怎么叫做三远？就是平远、深远、高远。这三远的特质，都是从来论国画必要的根据。我们看到中国山水画上所描写的，不是描出几千里的深远，就是描出一片渺茫无际的平远，其中尤其是独耸云霄的高远为最多。因为中国的地理上，富有这样伟大的自然，足以供国画家做极好的对象。有名之山，如中岳嵩山（在河南登封县），西岳华山（在陕西西安府华阴县），东岳泰山（在山东泰安县），南岳衡山（在湖南衡山县），北岳恒山（在山西浑源县），其他如昆仑峨眉等，伟大的山岳，也指不胜数。

著名之水,有五湖:鄂州洞庭,饶州鄱阳,岳州青草,苏州太湖,润州丹湖。单要去五岳五湖旅行一次非行数千里路不可。以上不过举其荦荦大者,至于温州的雁荡、安徽的黄山等,都是国画中极好的对象。有这样伟大的自然,中国的山水画与地理上就有相提并论的必要了。

董其昌说:"读万卷书,行万里路,胸有丘壑,虽信手写出,亦能得山水之传神也。"照董氏论画,读万卷书,虽也重要,我们故置不提,但是中国画家,"行万里路"确是他们理想上必要的条件!

二　国画家的小天地

由地理上看来,古来国画家最多产生的地方,要算江苏、浙江。江浙两省,可说是从来画家汇集之所,此地且从元四家说起:黄子久、倪云林是江苏人。王叔明、吴仲圭是浙江人。明朝代表的四名家沈石田、文徵明、董其昌、陈继儒都是江苏人。清朝四王、吴、恽、汤、戴,八大家当中,戴醇士是浙江人,其余七位都是江苏人。沈芥舟论南画相承于三董——董北苑、董其昌、董东山——二董在江苏,一董(东山)在浙江。照上面看来,元明清三代绘画代表的作家,都在江浙两省。再缩小些范围,把国画家产生发达地概括起来,说是江苏独富之区,也未尝不可?

三　一片江南景色

按上面所述国画与地理上三远的关系,应该依着全国来推论,可是我们从元四名家,明四大家,清八大家等所制作的国画上,大半描写江南的风景。再依现代的南国上看来,更显出江南一隅的风景。现代的作家单在画面上保留一些古人秀润、温雅、柔和的余味,差不多都成了附和雷同的作品了。从这一点看来,我倒起了一个疑问:我疑问的不是现在的作家,是前面所举的许多大名家说他们读万卷书,或是有的(因为元明清的画家都是读书人），但是要说他们行过万里路，实在有些靠不住，因为那许多大名家的作品上，并没有显出过万里路的形迹，他们尽在江浙一隅当作唯一的天地，所采取的画材，也在这个范围以内。

创辟南画的元祖，是王摩诘，第一传，传到了宋朝董北苑，北苑是南京人，他当时是不是行过万里路，此处有研究的必要了！看北苑同时代的画家米芾，有一段记北苑的画论：

"董源（北苑）画，皆天真平淡，唐时无此品，然近世之神品高格，无与伦比。峰峦出没，云雾显晦，俱得天真。溪桥渔浦，洲渚掩映，一片江南景色也。"（米芾《画史》）

米芾是同北苑同时代的一位大艺术家，他把北苑的生长地来做论画的根据，说北苑专描写江南风景，确也论得确当，黄子久亦有记述北苑的话，他说："北苑画山，坡下多碎石，乃描尽建康之山势。"又说："董源画小山石，若矶头，山中有云气，此金陵之山景也……"（黄子久《写山水诀》）

由上面看来，就可明白董北苑描写江南风景的本领，也可以晓得他是单取江南风景做他唯一画材的。北苑以后，南画家都认他为正宗，董其昌说："巨然学北苑，黄子久倪迂亦学北苑，虽同学北苑，亦各有异趣。"可见元代画家，仍由北苑画学的系统而起！降及明四大家和清八大家，更拿董北苑当作画的老祖宗。不过我们还要追求那位老祖宗董北苑，当时他是不是行过万里路，确又有疑问了。要是从他留下来的作品，和后人评论或揄扬他的论调上看起来，只能称他专描写江南风景的一位画家。再谈到元四家以下直至四王、吴、恽诸作家，又跟着了那位老祖宗专事描写江南风景，行万里路的形迹，在那班作家的画面上，更少看到。我觉得"读万卷书，行万里路"这二句话，竟变了近代几位画家有名无实的口头禅了。

四　大自然闲却

从前交通不便利,画家的生活也不甚丰富,其中虽不无富有家财的画家,但是中国大部分的艺术家,比较上述是贫寒的居多,一位贫穷的艺术家,又处于交通不便的时代,要走万里路,就不是容易的事了。因此,以前一般画家,只得回绕在江浙间当他们唯一的天地。但是从广大的艺术上看来,他们的眼界,不免太狭窄了。一顾中国大地,也说不尽自然界伟大的对象,如衡山七十二峰,嵩山三十六峰,巫山十二峰,庐山五老峰,五千里之长江,一万里之长城,其他三峡之险峻,嘉陵之奇特,一时写不完,这种雄伟峻拔,奇峭幽深的自然界的风物,要是当山水画的对象,何等庄严! 何等伟大! 可是近代的名家,大概都把他闲却漠视了,所以我们看到那班大名家所采取的对象,画来画去,只有像米芾所说的“一片江南”罢了。

近代的名画家,只守着江南一隅,他们的见地,愈弄愈狭,所作的山水画,并不与自然界去交涉,大半还是从想象来构成的。真正把山河灵秀之气,传诸笔墨间者,确是很少! 到了现代的作家,把想象也丢了,他们只抄袭前人的作品,当自己的题材,他们的画境,更偏于单调和狭隘的弊病。中国这样灿烂的大山河,接连产出那些贫弱的画家们,实在是国画衰微的重要原因!

原载 1924 年 1 月 16 日《时事新报》

西洋画概论

　　世界上无论何种学术，都脱不了时代的支配，美术不能例外。我国自唐代佛教输入中土，建筑、雕刻、绘画为之大盛。宋代设画院，以画取士，其盛况不下于唐代。元代重艺文，曲、词、书、画、亦盛行一时。明清两代，虽不及宋元，而仍有连续不断的文艺。时代与艺术的关系，便可明白。但艺术本来是少数天才创造的表现，一时代所产生的天才愈多，则艺术光芒愈为显露，这是不灭的定理。

　　说到美术史，那非这篇短文字能讲得清楚。而且这美术的历史，应当分东方与西方两大部分来讲。我现在要写的，是关于欧洲文艺复兴起至现在欧洲的绘画史，文字不能过长，所以把中国的美术史从略。我的理由是：

　　（一）中国美术史，固然人人应当明白，因为关于讲中国的美术，有许多现成书可以参看，况且自己的历史，只要稍为留意，便能记着。

　　（二）本书是对师范及中等学校里美术科学生习画时灌输一种历史的常识，并且书上的示图，除了一部分国画以外，都是欧洲绘画的技法，所以介绍文艺复兴以来欧洲绘画的大概情形及各重要作家的思想，作美术科学生的一个概念，假使这一点美术史的常识都没有，便是最大的缺点呢。

根据我上面的两个理由，此处有述欧洲画史的必要。

自 15 世纪至 16 世纪为文艺复兴时代。古代艺术流传于意大利者，或富商大族之收藏，或依文学历史的遗迹，渐渐复盛起来，到了弗朗梭弗第一，最爱意大利的艺术，于是建筑、装饰，都富于意大利的趣味。此时弗朗特（GondeV 的美术），流传到法国、荷兰及德意志，最著名的荷兰画家鲁本斯画神教帝王和历史风景等作品，极可表显当时思想的复杂，而鲁氏个人创造的力量，也非常雄伟。又如德国画家丢勒的作品，含有超人思想，但那种哀感沉闷的情绪，也可以代表那时德国民族的特性。荷兰派大家伦勃朗的杰作，多在阴暗之中表出光明。西班牙人强悍而注意物质，故委拉斯开兹的作品，都是很现实的，且富有生命的努力。在 15 世纪至 17 世纪，欧洲的艺术，由"神教之美"趋于"人生之美"，文艺复兴期有三个千古不灭的大艺术家，即米开朗琪罗、拉斐尔及芬奇。米开朗琪罗绘画雕刻皆到极致，每一个雕刻或一张绘画，富有筋力且有特殊的个性。拉斐尔的画，诗意盎然，潜入内心。芬奇以艺人兼大科学家，创造的力量尤为发达。

文艺复兴以后，直到 17 世纪欧洲各国的艺术家，没有再能超过以上三人，因此这三位艺杰留下作品的光芒，一直放射到各国，而生起了后来许多优秀的人才。在 18 世纪文学哲学家一时辈出，如卢梭倡自然学说，他说："人心本善，而社会使之其恶，人本自由，而社会反禁锢之，所以科学艺术为腐败人心之具，应一齐摧灭才是。"卢氏当时发出这种议论，也无非是当那时候，道德、习惯、宗教、律令等束缚太重，艺术科学，都变畸形，或残缺的发展，反不如没有来得干净。法国的伏尔泰，亦是当时革新派的健将，他们的学说提倡了以后，社会思想为之大变，而艺术上受其影响，变迁亦至为剧烈。其时法国著名画家甚众，兹选其代表者数人及其平生杰作与时代的反映说明如下：

华托(1684—1721)是18世纪法国画界的巨子,其作品上好描写繁华热闹之景。画中人物,皆借用意大利戏装,名作有《乘船至谢代岛》,这岛在地中海,近于希腊,岛上有神女祠,画了许多张着翅膀飞于空中的女神,引导凡人到福岛去。盖自路易十四崩后之十五年中,法国民穷财尽,忧伤憔悴,惨无生趣,画家以慈悲悯人之怀,故设此灵境,以涤烦襟,同时即寓反抗虐政之意,和我国诗经上的乐土,晋人的《桃花源记》都是同一个动机生出来的。

夏尔丹(1699—1770)是一个平民画家,平生专绘家常的生活,如儿童嬉戏室中,母亲在那里教诸女刺绣,家庭之乐,融融泄泄,令人生羡。夏尔丹都能用精密温和的笔致曲折地将那种表情传达出来,其名作有《母氏劬劳》、《祝福》等。普鲁东(1758—1823)对于艺术的见解说:艺术是求人类物质和精神上的健全,他作画所用的题目,皆为寓言,其技术精细,光线极为深沉,都是他的独家处。他反对淡白的光线,说刺激性过强,能够叫人烦闷,平生所作的画件有《谢夫人像》。灵迹画,有《呵东尼之归来》,宗教画,有《十字架上之耶稣》。

到了19世纪,欧洲画派可分出四个时期。

(一)自1800至1830年,为浪漫主义时期。他们不守学会审勘的成例,征服古典主义而代以自由的思想及表现之方法,熔诗情画意于一炉,情感放逸,不可遏止。

(二)自1830至1848年,为自然主义时期,注重用稳健的技巧描写直率的自然,同时尊重古法,觉得浪漫主义大盛,未免流于幻想和空虚,所以又引之而入于真实,于是风景画,亦渐为世所推重。

(三)自1848至1870年,为写实主义时期,他的主张是在生命的方式中探求真实,反对虚幻的想象。

(四)自1870至1900年,为印象主义的时期。这派所最注意者,为体察位置的不同,分析自然景物的刹那变化,他以为人物之本体,没有一定的颜色,因受不同的光线而生变更,所以光线变化,仅用颜色堆成,轮廓并不注重形。用颜色是这派重要的条件,在这印象派盛行中,各派并起,其中有象征派,点彩派等等名称,但大半自从印象主义的色粉而起。正如阳春三月,万花怒放,芬芳馥郁,色香熏人,又如万壑千岩,奔流竞泻,令人心目爽然。艺术到此,可谓洋洋大观。

现在再将四个时期的代表画家,简述如下:

安格尔(1780—1867)是当时学院风气的代表作家,他作画的方法甚为完备,染色极求真实,他又是注重界线与型式,所以在安氏的艺术思想上,鼎脱不了形式之美,平生杰作有《流泉》。

籍里柯(1791—1824)是浪漫主义的先驱,名作有《迈居斯船的遇险》,是一只船在卢菲利加触礁,船上的人附着一块浮筏,随波飘流,过了多日,才得遇救。筏上的人,有死的,有病的,有被生人吃了的,描写那种失望恐怖、凄惨的情绪,叫人看了真会流泪。

德拉克洛瓦(1781—1824)受乔利戈的影响,是代表浪漫主义到极致的画家。德氏的画,注意生动,表出强烈的情绪,染色亦极浓烈,富于刺激性。德氏描写风景也甚发达,从前古典派把风景画当作人物的背景随意构成,不合天然,到了德拉克洛瓦时候,被他们唤醒自然之情绪,同时自然派注重实在的描写,而风景画的价值,也就贵重起来。那时有名的风景画家,有巴比松派之称(巴比松,离巴黎不远的乡间地名)。兹摘写其代表画家数名于下:

卢梭(1824—1869)画森林居多,万木苍苍,枝柯密厚,现出一种深沉的气象,尤善写枫丹白露的森林,所绘莫不精细秀丽,工于渲染。常旅行意大利,所以平生的作品最多意大利的风光。他又善于描写灵秘之景,画中的树木,多细碎繁杂,如赤桦白杨之属,迎风有致,极能描出自然的风趣。

米勒(1814—1876)是写实派的健将,艺术上富贫民的色彩,乡农的工作,牧牛的生活,都成了他极妙的画题。每画能用简单的方法,表出伟大的精神,其名作有《拾穗》、《春陇畔辍耕》、《晚钟》等等。他那种富于贫民色彩的画,当时是法国最有研究毅力的画家,贫苦一生。他的作品,到他死后才被人发现。

库尔贝(1819—1877)是写实派的巨头,他描写的范围虽然很广,但不离现实。肖像、风景、城市、乡村等,无不取为材料。其作品饶有生动坚朴的气概,他的用笔与设色,十分稳重。杰作有《画室》及《收麦》。库尔贝又擅长动物,画鹿亦著名。生平反对宗教最力,不作宗教画与理想画,专以眼睛看得见的事物作描写的对象,故留下来的创作最多。

马奈(1833—1882)是印象派的创始者。首先是继承西班牙人的风景,后来技巧奔放,善于描出自然风光,成为印象派的先驱者。

莫奈(1840—1900)是印象派最成熟的代表作家,他努力探求光的变幻,其画大半描写外光、云雾、晨曦、夕阳等刹那间的变化,最善于表现空气的变动,光线的幻觉,都能描出。

近来欧洲画坛,还有种种的流派及杰出的艺术人才,本文限于篇幅,不再多述,我既写了上面的欧洲绘画史,应得将他们来做个结论。这个结论,自文艺复兴时代直到 19 世纪,要将他们绘画变迁的情形,细察一下,就看出两个重大的要点:

(一)个人天才之发展,及浪漫派破坏古典主义的模型,任意为感情的放逸。

(二)平民主义的发达,如夏尔丹、米勒的作品,都拿平民生活来做主要的画题。从这两点上再追说以前,就是文艺复兴以前的艺术,为宗教习惯所束缚,不能充分发展。复兴以后,因时势改造的关系和天才努力的结果,艺术上可看出由贵族的而趋于平民的,由神教的而趋于科学的,客观的趋于主观的了。欧洲现代的绘画,在法国巴黎,人才济济,他们都努力尝试自身的创作,且近来与东方的艺术常有接触,将来必更能产生一种新艺术为世界的光荣。

原载 1935 年 7 月 1 日《民报》

洋画漫谈

一个画家的思想，不能离开他的艺术来说。思想怎样深渊，艺术便怎样充实，思想的完全价值，常常可拿艺术来代表的。然而艺术家思想的进化，都依着时代而转移，19 世纪的时代精神，是科学的万能，都属于物质和常识的。所以那时候的画家，都用科学与物质常识来观察自然。要是研究那时候描写方法，大体是忠实的模仿"自然的外观"，再现自然的美，达到他最后的目的。

从 19 世纪末叶，自然科学渐渐到了精神的科学，所以这时代的后期印象派诸作家，又是一变，不依自然做本位，而用情感作主体，不靠自然的经验，而依据自己直观的内省；他们最后的目的，不向自然求美，而向自身求美。但是我们要晓得，那时代精神方面，一定要有了前代的引诱，才有后代的兴起。绘画方面，也一定要有了前派的引诱，才有后派的兴起。时代精神的进行，真是川流不息，所以绘画界的进步，断没有停止于哪一派的。

绘画中所谓派的转移，确与时代很有关系。研究绘画的人，绝对没有派的束缚。派的谬说，在吾国不明洋画源泉的素人嘴里流露，原不足怪。可是近来从事洋画的人,也常常把自己有意做作的技巧,立说是根据某派的画法。一般感受的人们,要同隔开了几万里西洋的绘画来比较,也无从比起。所以只能随他们乱说一遭,其实于实际上一些也得不着什么结果。所以我们研究洋画的人,考究西洋画派的源泉,固然是不可缺,但是绘画根本的问题,我以为在中国现代的洋画界,实在是很重要,因此,我将个人的经验,写出来和读者研究。

一、表现:作画的人先要有实写的能力,然后才能将自然界的"森罗万象"显露到画面上去。从画家的眼中看出去的物体,那些沉潜和醒目的现象,接连就要铭感到心中,显出直率和诚实的技巧。换言之,就是映照自然物体的一个印象。这种印象,不是短期间内就能和手相应,因为这个印象,在普通的人们都有,但是画家的印象,接连就要在画面上"复现"出来。所以对于自然常常接近的画家,他的眼睛,真像照相机镜头一样的敏锐,并且还能够有种直率和技巧相应的"复现"。那些活泼泼流动的地方,绝没有呆板。有这种印象感觉,认识,复现在画面上,就是画家的表现。在画面上,不论哪一个部分,都不能缺少。但是没有表现能力的作家,他的画面,就处处看得出虚伪、假饰的地方;要纯洁得着表现力的实现,不得不在技巧上有经久的忍耐和锻炼。

二、结构:就是用装饰的方法与表白情感的要素合起来一种技术。在画面上,不论哪一种部分都有主客观的分别,绝没有一处不入目的,也没有一处是无用的;画面上有了无用的部分,就是有害的部分。所以在立法的结构上,没有严密的整理。一张作品,应当保存全体权衡上的调和,权衡最重要的是注重大体,在观者一切皮相的细部分,当不得是主要部分。

用表现做结构的目的,要看画面所占的位置,便分出画幅的变化。譬如一张八号的油画布,本来分出人物、风景、海面等的区别(世界规定油布尺寸每一号中分人物、风景、海面三种);对自适取时候,要保存布形适当的比例去使用。譬如应该用号数中海面的长方形,去用人物的方形画布代替，就成失当的适取。

　　有时作了一张小的速写，只须限定在这小的面上，倘使放大了，脱离节奏的地方，也常常遇着。

　　我们画速写，是表现那永续中间的一刹那。从人类到万物的表现，都是在一个刹那间继续成功。这种刹那，常常变化，也常常消失；但是画家的表现，要从永久存在地画面的生命上去努力。所以无论画什么东西，要预先决定那物质的性格，性格不熟知，表现上就容易失败。

　　三、感受：我觉得凡是一幅描写自然的画，在制作时，不失去直感的效力，就是经过许多时，仍旧不为讨厌。要是画的时候，不是从自己直感的画，然后拿来看起来，处处都是空虚。要照这样没有自己直感的作画，恐怕要想表现瞬间那种自然，到底也难明白。第一，要从自然诗意中所感受的物体，用无羁绊直率的表现才是。

　　一个苹果，不论是谁看起来，对于那颜色丰润的苹果，就生美味的想象。但同时并不单在食欲上觉味的冲动，就是最初美的感受，也潜伏在里面。近代法国善于表现女性美的大画家鲁奴爱而说："裸体的女子，有尻和乳的曲线，实在是我最美的感受，所以我始终要去表现她。"这几句话，就晓得他确受着美的神秘，所以他对于女性美的表情和态度上都表现出这种感受。

　　凡是被迷惑占住的中间，自然而然的就生出爱，这种爱，亦是感受上所得着的。画家有了感受的爱，才有表现的欲望。这种欲望，是从观察形状、色彩、调子上受着的冲动，并且同时还感受着各种趣味。

　　四、趣味：趣味是教养的产物，从原始人到文明人，小孩子到大人，有很复杂的区别，这个区别，是在环境的情趣上认识出来的。作画的趣味，也是由简而繁，譬如再拿苹果来说，将苹果盛在篮子里，或配上别种酒瓶，或在树上受着了日光，就使我们生出一种诗的感兴。深一层的趣味讲来，像冬天模糊的早晨，酸浆色的太阳升起来的时候，行路的人同样带着紫色的斜影，再顾到那光线射着物体上，成为极美丽的色调。这样的画题，趣味上当然更浓厚了。

五、形态：在技巧未熟练的追求上讲，先要有形态的观察，形态就是画面的"骨"。凡是一幅画，没有形的存在，任他色彩怎样好，毕竟是堕落的画。所以最初在自然世界印象着的东西，要有确实的取形。取形的根本修养，是在单色画上面。练习单色画的速写，是作画的人万不可缺少，就是技巧精熟的画家，对于速写簿一刻不能离身的。虽然在极小的纸面上，但是练习取形上，却有极大的助力。

六、调子：音乐有基础上的统一，所以在许多合奏的乐器上，都从这原理凑合而成。听音乐的人，如果耳朵听惯分音，就能辨别基础的音调，也能辨出正音、半音、四分音等的连合；要是在这种音调范围之内，就陷于不调和的音调了。但是色调的视觉，比较听觉不惯常，为什么呢？因为用许多错杂的色调与局部的统一上来对峙的。音乐从一个音调发出来的，绘画从多数色调发出来、从黑色起渐渐分开白色时候，比较上是简单容易捉定的统一，但是像夏天骤雨之后天空中发现的"虹"那种色彩上，就非常复杂。里面的部分统一，就生出很多的变化了。

但是上面所说色调的部分统一，要是拿他过于分析，不免要受着拘束。总之，我们作画时候，先要有个主调，第一笔颜色涂到布上去时候，就受着一种色调的激动。等到局部画将要画成时候，把其余的色调渐渐修正、变化，便成功了一种色调；这样的事，在自然接近的画家身上，不知不觉的成功，对于感受色彩的表现力，我们应该纯粹依着自己的本能上去理会他；正像现在春天的风景，我们常常到龙华去作画，究竟用什么颜色是适合这个时节？我们都不去想他，但依着自然所生的情感前去，不断地看到那温柔的青空，红色的桃花，黄的菜花，碧绿的草和紫色的田，都可以表白这个时节，但是个人的感受，不限定是一样，也许是像冬季将完的初春，或春天将过的晚春。

谢丹说："我画色彩，要得到像自然才止。"

塞尚说："晓得了描写自然，才晓得创作。"

这几个艺术家所说的，都是铭感着自然的真言。要是用成见去自定一个形式，任意去离开了自然，那就是真实以外的了。反过来说：作画固然是不有人类制作的思想，但作画的时候，必须要有模仿自然那种情感。

七、面：面是什么？就是三角形，有三个面，四方形，有四个面。圆体上虽然没有角，确从许多的"面"所成立的。先要把面用立体形来理解，然后辨察色彩，就不为紊乱。讲到感纳"美"的一件事，虽然不止一种，单依绘画上说，与其寻他细部的美，宁可先求立体的美观，因为美的深渊，是有种神妙的节奏，先用立体美观来理解"面"，确是领略神秘的唯一动机，有了物体"面"的理解，然后色调的明暗，就能极精密的分析了。

八、笔触：笔触是依技巧上熟练与否，分出各种的情趣，但是这个名词，在普通的人，觉得很少听着。"笔触"二字，在中国画上叫做"笔气"。中国画家看极其重要，然而这"笔气"在洋画上，并没有受拘束的地方。要晓得"笔触"完全是种手法，我们只要向"爱"、"趣味"以及表现的观察上着点，就自然而然成功有风致的"笔触"，西洋画家都说："成熟的画，就是拿到手里看起来，也非常适宜。"所以我可以说：好的画，当然有一种笔触，而且各人还有各人的特趣。

中国古今的画家，专讲"笔气"，因为他们没有自然界的理解，所以学画的人，死记着几笔几何画式的笔气，差不多成了机械的方法，我从前听到一位中国画家讲：画人的面孔，先要从鼻头画起，画竹叶先要从介字撇起……西洋画不然，譬如画人的颜面，头发画起也可，四面画起也可，各人各画，没有这些定规。

再讲到洋画的"笔触"在画面上，全体都要顾着，最初把感着的热情用明暗来观察的时候，要有互相联络的奏合，如果没有奏合，不但笔触要分裂，简直成为无意义的画了。

前面说了许多话，都是我对于绘画根本的解释，也是我日常生活的经验。说到这里，我不得不把洋画的意义再广说一层，艺术是广大无边，绝对没有一拘束，只有艺技可以定规则，不能用规则来定艺术的；现在东方人研究洋画，并不是新奇的缘故，因为西洋画先重理法，而且带世界的性质。所以我们应该有采用的必要。要振拔中国艺术的堕落，复兴东方古代艺术的精华，与我们现在研究洋画，可说有致密的关系。

原载 1934 年 1 月 29 日、2 月 5 日《民报》，
发表时用其夫人荣君立的笔名荣卓

近五十年来西洋画的趋势

南画在世界公论上，占最高贵的位置。在我国一般初研究洋画和研究南画有心得的人，恐怕还没有晓得为什么世界评定南画的价值。因此我先拿近代西洋画的趋势提出来谈谈。

在五十年前，法国巴黎曾举行大博览会，其时有中国画和日本的版画陈列。从中国画上很惹起当时画坛的惊异。因为受了这个刺激，就生出一种所谓新的画派。但是那些画在看惯的东方人看来，不过是一种平凡的东西，拿远近光暗法束缚住的西洋画比较，东方画实在是有种极大胆的手法和技巧。西方人惊异的地方，在大胆手法之外，还有色彩鲜明的一点，所以不久就从东方画的刺激，而生出新的画派，就是印象派。首唱这派的，是法人莫奈，当时赞成他主张的人很多，竟成为革新艺术界一个极大的宣传。莫奈宣传是根据日光出来的。从来洋画是种朦胧暗淡的描写，这时候就变了一个信条，为光线明快大胆的作法。那些作画的技巧，他们确是受着东方画的影响。当这派画盛行之时，并没有那印象派的名目。后来因为在展览会出品的画题目上，常常用"什么印象"，于是印象两个字，大家都认识为好的名词，所以就称为印象派。

他们最注重的，在光的变化；因此他们常常画"刹那间的印象"。

受这印象派刺激再兴的画派，就是后期印象派。后期印象派更有广大的意义。他们主张省略细碎的笔触，偏重于主观。相继有未来派、立体派出现。未来派是意大利人马利奈蒂所首倡，此派是描写物体运动方面着点。立体派首倡人毕加索，将物体分解用几何学的单位来做描写的材料，研究物象的体积，反抗色彩做本位的。去年春天我在东京曾见过俄国人未来派的展览会，他们所出品的东西，大部分包含政治的思想。现在的俄国已成为运动的经过，他们的期望，就在未来。我看了那些作品，不得不联想到艺术有转移时势的助力。

最近西洋画坛风靡一时的画派，是表现派。此派是德国文学界所主倡出来的，在近来欧洲艺术界宣传甚盛。他们的主张，在画面上单借物体的形式，表现作家的思想。因为依着物体为主，不免有些受动的性质，表现派不过拿物体做一种形式上借助的东西，所以依表现派的骨子上看来，完全是依作家的精神，表现自己的思想。

照上面看来，读者要晓得我国的南宗画，从南北两派融合以来，同上面所说表现派的主张，一些也没有什么差异。南宗画精神骨髓的地方，都依作家胸中的丘壑来描写的。在今日经过了许多变迁的西洋画坛上，渐渐接近到南宗画的理想。要晓得他们自用了五十年来从暗中摸索的试验，不过刚才到了我国数百年前南宗画的出发点。总之，南宗画在东方的迟早，暂且不拘，从世界的观察起来，却是一种最新的东西。所以西洋人看了南画，钦佩名贵，是当然的道理。南宗画单依理想上说来，非常进步，但依手法方面，都受了模仿的拘束。我是研究洋画的人，最近将洋画的理论研究了一下，同南宗画的论调很多一致，这可算是东西洋的艺术上不谋而合的一件事。但是照近代研究中国画的作家看来，我不觉生了一个极大的感想。

南画的成形，是假物体的形式，注意在精神方面。精神的表现，第一要有创造的能力。现在的中国画，都是一种因袭的东西，绝对说不起创造两个字，把自家思想的表现，都丢得干干净净。仿、摹、临、模，算是画家的本领，这是南画最失望的地方，也就是堕落的一个主因。

回顾我国的画坛，远的暂且不提，单依前清来说，康熙六十年之间，所谓四王吴恽一时辈出，四王吴恽之外，还有汤雨生、戴醇士，共称八大家。汤雨生在嘉庆年间，戴醇士在道光年间，四王吴恽在雍正十三年至乾隆六十年，依年份算，汤戴在四王吴恽之后。如果要拿这八大家代表清朝的绘画，那末，现在生存的画家，也有许多人可以算得。照我看来，他们都不能代表，为什么呢？因为他们的手法上都是有一种模仿性存在，这可说是中国画家的一个通弊。

但是在清朝一代中，有轻视因袭者，依自己的感想来描写的。如清初八大山人，石涛，后有石溪、渐江等，他们都是出家人，脱离尘俗，胸襟确是不同。他们的作品，我想研究中国画的作家，总有得见过，他们确是追求到南宗画思想表现的原则上面了。

现在日本人研究南宗画，虽然也有许多因袭作家，但是有一部分的作家，确很明了创造的一点。去年日本南画家小室翠云、大村西崖等渡华专来研究我国现代的南画，到上海同我晤谈之间，很感觉到南画的堕落，极力的想融合中日两国互相提倡。经过不多时候，另有一部分人提议在上海开中日联合绘画展览会，不久就要举行。我很盼望我国从事绘画的人，大家要奋力一下，追求前代的精华，开辟创造的途径，期望在20世纪的中国艺术史上，放个光明的异彩！

原载 1922 年 2 月 10 日《东方杂志》第十九卷三期

素描

我们常常听见洋画家说到不好的画面，总说他们基本画不充分。这基本画，究竟是什么？就是雕刻、建筑图案、绘画等等共同注意的素描。素描的重要，凡是研究艺术的人，谁也不能否认。素描的线条，固然重要，但是素描中的调子，也很有研究的必要。

素描不仅是研究艺术的根底，并且就是一切造型艺术的精髓。我们一顾西洋古今伟大的作家，都从素描的宝库里探究出来的。素描纯熟的作家，不论人物或其他一切形象，都能自由地描写。一个画家开拓自己的思想，不限定在材料的大小和复杂，第一，须用自己自由的手法，这手法全在素描上去锻炼的，有了素描的锻炼，才能有精深的技术。有了素描上精深的技术，再使用色彩，那么，不但色彩的感味深厚，并且还能够把自己的情感表现出来。

学校和公共的研究所里指导初习洋画的人们，至少要叫他练习二年以上的素描。但是最初研究洋画的人们，往往不肯注意素描，总喜欢"涂红抹绿"地使用色彩，他们不但不明了素描中的深味，并且还认为素描是很容易的一回事，这不能不说是初学者的误解呢！

现在的洋画，固然有脱离自然而求自我心灵的表现，但是初习的人，技术没有明了，绝谈不到这一点。所以起首要练习技术的纯熟，还是要"接近自然"而来，探究自然中的"美"，除不了两种手段：一种是素描，一种是敷色。然而色彩的根底，还是在素描之中，有纯熟的素描，才有丰富的色彩，绝没有不解素描而会用颜色的。有时偶然使他们颜色用得好看，只要从形态或表现力上详细地观察一下，立刻容易看出他们的虚面，所以从事洋画的人们，对于素描上不得不下耐心探究的工夫！

从前意大利威尼斯画派，专描写华丽的色彩及雄大的构图，其中有一位代表威尼斯派的大家，名叫丁托列托，他画面上色彩用得非常富丽，有许多远道慕名而来请教他的青年问他："先生！在大气中最美丽的颜色是什么？"丁氏就接连回答他们说：

"要得美丽颜色的效果，须从白色与黑色上探求。我觉得白色与黑色最美丽了。试看物体上从光处到阴处，就能见到黑白的浓厚，因为深浓力的增加，其他部分也得见许多凹凸的运动。""美丽的绘具，只要到绘具铺子里去买，无论何人都可得到，但是研究绘画的人，能够在素描上长时间热心地研究下去，确可自身向精髓的宝库中探究其奥妙。这种深沉探究出来的东西，不是常人都能同样收获得到，如果没有理解素描，恐怕不能在色彩上自由地描写吧！"

初练习洋画的人，明白了上面丁氏所述的二段话，那么，要探究绘画的真面目，就该深知素描的重要。素描未精熟的人，切不可超过研究素描的工夫！自然界的实相，有了精深素描的研究，就是用简单的色彩，能见到充分的表现，至于庄大和高雅的风味，也能领会得到。照这样看来：柔和、强烈、严肃、深沉等等能自由充分表现的素描，确是绘画中的本体和精髓，所以最初研究绘画的人们，万万不可忽视。换一方面讲：如果缺乏素描锻炼的绘画，纵使他颜色用得怎样美丽，恐怕对于自然的实相和韵律等，总不免陷于贫弱呢。

上面所说的素描，不是像从来中国画上仅写物象的表面轮廓，是要把素描内面的意义上彻底明白。素描的内面是什么？就是包含着形态、圆味、调子等等。我以为绘画上所存在的，差不多四分之三在素描上。西洋人研究绘画，在练习时代，没有不把素描做根底的。各国美术学校考试的时候，都要依着素描做标准。一个研究绘画的人，只要看他的素描，就可推测他有多少程度，所以学校里也视为很重要的一件事。学校里不但考试时候用着素描，就是进了学校，还得要研究两年以上的单色画。从这种地方看来，就可以晓得素描在绘画上，确是种真面目的东西，要研究洋画的人，非要在素描上有充分的修养不可。

现在顺次再把研究素描的材料大略说明一下。素描的材料，以前西洋人所使用的很多，像欧洲 17 世纪，很流行用赭色蜡笔。赭色蜡笔，分白、黑、赭三种，白色描光部，黑色描暗部，赭色是描中间部分或染肉色。虽然是用三种颜色，但其命名，亦叫做素描。又有种简单的画法，就是单用蜡笔中的黑色来描写的，其他还有用钢笔或铅笔来练习素描，但是最便利应用的，还是木炭纸和洋画上用的木炭。木炭使用时候，柔软而轻爽，凡是对象上所感到或所见到的，都能随意描写。有时全部涂得太黑，可以用手巾轻轻消去，重新又可涂上去。消去之后，要再提明亮部分，可以用面包少许在手指上捏实揩去，所以木炭纸和木炭，是练习素描最适宜的材料。

练习木炭的素描，凡是自然界的万物，都可以做我们的对象，但是依练习的程序上讲：起初研究静物，其次，作石膏模型练习，再进作风景人物。其中石膏模型，是练习单色画极好的画范。石膏模型上能够下切实的锻炼，可以解释绘画上种种问题呢！

近来有人解释洋画的素描，以为就是国画上的线条，要晓得线条在洋画素描上，不过是一部分，并不是包括全部的。国画上的线条，不仅是素描的要素，而且还是国画的生命。洋画上的线条，固然也重要，但其他明暗、圆味、肉味、骨胳，乃至物象的外廓等等，都同样并重。并不是仅用一条线条名词，就能够包含洋画素描的全部！

述者:本文立意虽浅薄,确是为初习洋画的人们而发的。因为洋画没有了解的人们,往往不注意基本的素描,没有明白基本上的素描,高谈什么"发展个性"的一类话,是很不彻底的,我希望初习洋画的人们,先要去探究这素描的精义才是!

原载 1924 年 2 月 10 日《时事新报》

速写是画家唯一的修养。欧洲的艺术家，常常不肯离开速写簿的，因为在速写上很能锻炼技术，同时还能够得到关于艺术上各种问题。我现在把关于速写的话，写在下面，以供研究绘画诸君之参考。

人体运动的姿势，不用全体感觉做主要观察点，不但不能称意地表现，而且很容易错误。有许多人画人体时候，部分则描写上身和下肢的动作，这种不用全体感觉做主要观察来作人体画，往往会变成畸形的人物。研究运动姿势的设备，在洋画不甚发达的中国，还没有采用，其实这种设备，并没有什么麻烦的地方。我很希望学校和研究所里以后都注意起来。要实行这种方法，并不困难，现在普通研究模特儿大概用同样的姿势，都有一日三四小时连续一星期的练习，这是要把所定的姿势，不使他变动。照这样停止动作的安定形态，虽然在研究上便取姿势，在练习时固然也是必要，但是要研究运动的姿势，就不得不练习速写。练习速写的方法，是用模特儿在五分或十分时间中，更换一个姿势，把这种姿势，预备一本大号速写簿，就可不绝地描写。这种活动的研究时间，在课室里，每周只要抽出一天，平常仍旧可用安定的姿势。

上面所说的话，是对于课室内所讲的。我们如果专门要研究动作的人物，那么，在公共的课室里，总觉得不甚充分，还要在课室以外加以修养，河岸、市场、剧场，以及街上往来的行人，不拘在田园或都会，都有自然的模特儿充满着。我们跑到乡下，像米勒画上的模特儿很有得遇着。红毛绿眼的西洋人满布的上海，像杜米埃的对象，也有不少。练习速写，逢着眼前经过的对象，就把那人特征简略地写在速写簿上，这种速写，经过长时间的练习，确有无穷的趣味。

速写的练习，不是单描写人物的动作，就是构图的地方，也很重要！譬如在室内画人物的时候，四周的建筑或其他背景，都可以在速写簿上练习的。如果描写动作的表现中专注意像在室内那样的一个模特儿身上，纵令他对于模特儿的姿势怎样纯熟，恐怕未见得一眼望过去那种瞬间运动的姿势就能一些不错地描写得出，所以画家所看到一种特别姿势，只能见了之后，缠住所深刻的记忆中。再现时候，更须唤起明确的记忆。然而照这样说来，速写簿应该使用在哪种场所？画家所取的大要应该怎样？确也很难分说。现在我介绍几个西洋画家对于速写的见地，写在下面。

一、意大利画家达·芬奇说：

"写模特儿喜怒的表情，是很难的一件事。例如流泪、苦恼、恐怖以及其他精神状态等等表情，要一时自由地画出来，总觉得有许多困难；但是常常不离速写簿，把目击的光景，用简单明了的感觉略写出来，确是练习上最好的助力，而且在技术上易收良好的效果。"

二、荷兰画家弗美尔说：

"描写动作状态，不得不捉住自然界的生气，以强烈精神激动的感情而生起的运动，在画家要捉住他的状态，除了向自然深切地探究之外，便没有其他方法。譬如在路上遇着喧哗争论的人们，看到他们发怒的表情、颜面，都是很好的对象。"

三、法国画家埃敌可司说：

"在写生簿上简单描写的略画，虽没有多时间去捉住正确的对象，但是辅助举动的回想,是很有力的。我(埃氏自称)常常描写二三根线条,把动作大要的姿势勾出,后来再看到自己当时所画简单的线,确也很能唤起自己以前的记忆。所以我数年前所作的速写,还能把那些印象描写出来。"

看了上述之画家的说素,我们便该明白速写的重要!但是按上面三画家自身的人物画上看来,我们还要知道"解剖学"的素养,是研究人物画的画家不可缺少的。从速写描现瞬间人物姿态的时候,画面的充实不充实,都同解剖素养是有密切的关系。要想自由自在表现自然的姿势,对于这根本组织的心得,当然不可忽略。意大利文艺复兴期的诸名家,所以成功他们那些伟大的作品,都是精通解剖学的。不过这句话,还得要分别地来讲。我以为对于解剖学过于精密的画家,却也有不好的结果,例如米开朗琪罗。次流的诸作家,都把人体解剖学的知识,穷究到极端,后来竟依据解剖学当做制作的标准。差不多自然的现象被解剖学吞没了。因为把自然的真实和美忘却,反弄得没有意味的一种正确。他们画的裸体,单研究筋和骨,所以裸体上的感觉,都像皮剥去一样。还有画种壮士的筋肉,也成功了特别隆起的状态。艺术不能趋于极端,如果极端,定要偏于一隅,偏于一隅不免失去艺术上的妥协!

诸君!解剖学有学过没有?那些精密分析的东西,有些厌倦了么?我也觉得有种不快的感觉,如果我们一定要追源探根地研究解剖学,不是要成画家的想念打消吗?据我看来,还是诚实的,直率的,用我们的感觉去对自然描写吧!

这是安格尔告诉学生的一段话。照安氏这种语气上看来,好像他不懂解剖学的,但是安氏的画上,并没有不合理的地方,他画着衣的人物上,从衣服上看着内部包含的肉体,同盛说解剖学必要的画家一样明了。假使有人问:晓得皮下的构造和组织简单描写裸体的认识上,孰重

孰轻,我就接口回答说:

对于理智方面的解剖学,我是承认初习画学的人们是必要的修养,但是不承认专拿解剖学去束缚自己的观察。

总而言之:画家忘记了自己观察的对象,单依知识去做唯一的描写,结果,就会变成机械式的工作。第一,要用着自己的感觉去觉摄对象。要纯熟自己去觉摄对象,速写的锻炼,是不可缺少的。进一步说:要把自己所感得的自然界种种的实相,提其全部分的形态和度合,诚实地用直率感情描写出来,这就是研究速写最重的所在矣!

原载 1924 年 4 月 27 日《时事新报》

印象主义的艺术

　　从来写实主义的要素，是按照自然的形状，一丝不漏的描写，凡是自然界实体的现象和色彩，都把它当做恒久不变的东西，流转移动的状态，在写实主义的艺术上，毫不顾着。但是到了现代科学昌盛，关于自然就有精密的研究，自然界色彩的现象，依物理的和心理的研究而发达于眼的观照。到了1830年雪倍尔《科学的色彩研究》一书公布于世，欧洲一般艺术家，深深地受着了刺激，同时对于自然的观察上，就加一层精密的考虑。那时候差不多把古来传习式的艺术，就轻视起来了。用醒目的色彩感觉，依色彩做中心来兴起绘画新运动的，就是印象主义。以前古典派和浪漫派的当中，也有几个使用色彩的作家，但是他们总不免带些因袭的便利色彩，对于时间和空间光线、颜色等的变化，还是漠然不知。反过来讲：要是我们一见到采入心理的和物理的印象派，觉得他们的色彩，非常进步。著名批评家凯罗陵论及从来绘画与印象派的区别说：

　　　　过去的艺术，只有描写固定的对象，但是对于固定对象种种的色相,刹那的知觉,记忆的表象等等,并不见过有接合的描写。印象主义,能用直接的知觉,描出客观的刹那印象。

从凯氏这段话上看来,印象派诸作家对于眼睛中所映照的刹那印象,很能努力地描写,不过他们太集中于单纯的印象了,结果,观察的方法就起了变更,因为要集注于客观的生命感情,所以对于从来主观主义的艺术就起了一种反动的意味。从来的绘画,以"高扬自我"为本位,印象派的艺术,是客观与感情为本位,我们在这点上看来,觉得印象派和从来的绘画就很有差别。但是在他们那种倾向纯粹客观和感觉的绘画与近代文化的精神,确能同样明显地表现出来。再从他们始终服从自然的一点上观察,完全同古代希腊人的看法一样。排除从精神内面来的东西,专仗外界的刺激而吸收,在网膜映照着的物事之外,无论什么物事,不许倾入。简而言之,印象派的主张,最重视纯粹的视觉,依纯粹的视觉而排除一切思维,所以印象派可说纯粹是"眼"的艺术。

要说明印象派理论的基础,非短文所能尽述,现在仅把印象派主张中心的色彩,约略说明。

当时印象派直接采取科学的研究,他们在艺术的基础上,有下列三种特色:

第一、把颜色的现象,依着光源和人们的感觉而生,颜色种种的差别,是依光线波动的速度和大小而起。在他们的说素中最可注意的就是说:凡是在自然界中一切物事的自体上,没有本来固有的颜色,唯有在振动中透过眼睛所感觉的现象时候才生出颜色。

第二、依距离的远近,容量的考察,以及颜色明暗、强弱的度合而定。

第三、颜色是跟着光线发射的光上而来,太阳的光,就是依着七色的原素组织而成。

照上面三种要素上看来,印象派主观的色彩和从前固定的部分颜色,就有了变更。从前都把松树柳树看做绿色,牡丹看作赤色。印象派就是打破从前固定的颜色,他们看到自然界的颜色,是有不绝的变化,所以他们对于颜色的现象,跟着时间来推移的,并且还依着光线大小的顷斜,刻刻都有变化。物体和眼睛距离的中间,还有空气性质的不同。也讲到阴影部分,不是像从来绘画上光线消灭的地方,就没有颜色和光度的不同,仍旧有颜色变化的段落。所以不论在时间或空间的颜色,都是依着了光线有不绝地变化。

不根据从来的颜色,把色彩看作在无数的世界中占住着的,就是印象派画家唯一的使命。往先的绘画,对于自然移动变幻的颜色,并不关心。从前的记忆画或速写,仅能用经验的颜色来涂抹,所以往往把颜色与自然脱离了陷于一种因袭的模型。印象派诸作家,都直接在大自然之前侵蚀自然的幻变,所以眼睛感受到的色彩,极自由极大胆地使用出来。有时还常用不经调练过的颜料,但是他们那种使用不经调练颜料的绘画,能使看者的网膜上自会有一种混和。凡是自然界艳丽的光辉,很能努力地表现。他们名之为外光派的,其优良的地方,也就在于此!总而言之:他们的目的,在自然界吸受颜色的印象,就要照样地再现在他们的画幅上,并且还要时时刻刻捉住那自然界刹那的印象。

印象派的绘画,不注重轮廓,要知所以不注意轮廓的原因,究竟在哪里?因为物体和形象既然是不绝地起了变化,就没有固定的姿态。以前高唱写实的画家,是把物体恒久固定,所以专用写实的轮廓来描写。印象派则不然,他们的画面,总显出柔软的感觉,而且风景人物上都有种烟雾缥缈的趣昧。

印象主义的艺术运动,是 1870 年前后大显旗帜,由马奈、莫奈、德加、雷诺阿等相继完成,马奈是在印象派上首树基础,他是对于古画色彩最先革命的一人。他当时有幅《草地上的午餐》出现之后,渐渐达到优美色彩的进境。彻底的印象主义,得到外光名词的,当推莫奈。他有幅题目叫做《本寺》的作品,在同一寺院同一场所,依了朝、午、夕、风、雨种种气节和时间的推移，单用色彩的变化，画了数十幅，他那种同样章法的数十幅制作出来之后，把从来主张用内容的思想的绘画，完全一变，他就是单依眼睛吸收而成为色彩的革命者了。

像前面所述的印象主义，从倾向于客观的和感觉的看来，对于艺术上所谓"自我高扬"，果然有了缺点，但是在启示近代人色彩的幽远世界，确有伟大的功绩。最近的艺术上，对于印象主义，虽起了不满意的反抗，然而近代乃至现代绘画上的色彩，差不多可说都是受着印象派直接或间接的影响，我现在再概括地来说明印象主义的特色和近代文化的关系。

一、"感觉的"：从来的艺术，是统觉的艺术，着重在思想或空想，印象派诸作家，是用彻底的感觉主义，专从眼睛去吸取刹那的印象。依着时间、空气、光线等等不绝变化的颜色中，就是使他们画面上活跃的对象，再由他们始终培成感觉艺术的要点上看来很能表现近代精神的一大部分，在物质文明养成近代人的生活上追求感觉的享乐都具有强烈的欲望，印象派艺术就在这欲求的根源之里。这话还是要分别的解说：所谓感觉主义，如果单停留在狭小的感觉范围中，很容易陷于浅薄的皮毛，这感觉要彻底的侵入心境，那么，才能够树立深渊的艺术，所以印象派的感觉，确不是平常的感觉。

二、"连续不灭"：不依哲学的考虑，仅观照自然中连续的变化，时间与空间都是连续的。譬如在一刹那间不停留的东西，还是从流转而来，因此，感觉亦常有不停止的变化。因为感觉中逐渐推移，所以自然界中没有定形的真相。在这样不拘空间或时间的连续之中，是含着过去、暗示未来，所以印象派对于定形都包括在连续变化的颜色里面。

三、"刺激的"：在交通便利、机械力发达的物质文明之下，人们都以生产为夸耀。不过生存竞争剧烈了，人们的神经很容易陷于衰弱。即有了薄弱的刺激，也绝不会满足。因为这种原因，近代人更接近感受强烈的刺激。平常艺术上的姿态，虽然容易感觉着，但刺激甚弱，倒不如连续刹那间印象的刺激来得强烈。追求这强烈刺激而艺术化的，也就是印象派的特色。进一句讲：他们还要从体现上反映近代人的生活咧！

四、"活跃的印象"：印象派是用纯直观的感觉来描出，虽然仅依眼睛所看到物事来描写，但是一看到他们实在的作品，确暗示着人生，把颜色成为易受刺激的强调，一看上去，就生起一种活跃的光景。印象派在这种特征的当中，很能表现出近代人的烦心，也可以说是近代精神反映到他们的艺术上去了。

原载 1923 年 9 月 16 日《时事新报》

从印象派到表现派

表现派的主张——印象派的辩解——现在欧洲画坛的表现派。

论现代艺术新运动的人，都以为从后期印象派的精神的源泉发生。这句话，诚然是对的，但是更推进一步的追求，就不得不光从印象派说起。印象派的绘画，是种感觉的写实，主张照实描写自然外相，排斥固有的色彩观念——注意瞬间变化色相的光线和空气，所以印象派诸作家的头脑中，都倾向于色彩方面，专赖感觉去做详密的分析，同当时的科学十分调和。为什么这革命的、不可思议的印象主义，到了现代刺激上反而弱起来呢？因为后起的画家，感觉到印象主义已经到了极点，非另外移转个方向做种时代的工作不可。他们不肯无意识地跟在人家后面，总要想从时代上开辟前进，因为这个原因，就有反印象主义出来。但是从印象派以后直到最近的表现派，有许多人把立方派、未来派等，大概都包含在这个过渡期中。像凡·高、塞尚、高更三人，大家都称为后期印象派。其实各人的手法和思想都不相同，所谓包含的总名称，也只能称他们艺术上有种相似的地方罢了！

我们现在姑且别论那种派的类似或不同，仅拿表现派由来的过程研究一下。我觉得表现派的最初，还是从印象派的桥上渡过来的。我们试看表现主义大体的论调，就能明白：

> 印象主义所传下来的绘画，单用视觉来描写，过于偏重物像的形似，其实从自然外界所受着的印象，不必要这样忠实描写。

这是表现主义因不满意于印象主义而起的反动，所以他们描写的方法，适与印象主义的反对方面着眼。要把自然外界，用自己的主观，做种变形的改造。他们要逃脱束缚于自然做自然的奴隶，大胆地在自然上做自由的描写。结果，对于形态的细部分，都省略而变为一种单纯化的东西。这种大部分的使用，最早在风景画上。春天的和暖，秋天的冷静，在他们的画面上却和自然离得很远。看他们完全从作家全体验的表现欲望上所创出的形和色，都有种像暴力侵入的光景。对于形似方面是最厌恶的，常常还用自己自由绘画的想象做种清新现实的试验。向来像印象派的手法上所看见表面色彩的分解，也是最回避的。他们那些刺激性，大部分还包含在线条之内，这是同从来的绘画上，很容易看得出的一点。

表现派的着力点，虽不在色彩和形态上，但从视觉上韵律的配合而创造种抽象的作品，确是表现派唯一的可能性。所以表现派绘画，说他是近代的装饰主义，也未尝不可。

表现派绘画上要充满愉快，不用自然的对象或理智的说明，单用状况的结构或色彩的调和，做内面自我的诉述，所以对于自然派的现实模写，就很厌恶。他们不但离开自然和不根据理知的说明，并且所用那模样式的颜色，也不依据现实的物事，完全是种"表征"的作用。所以有的人说："表现派是很有装饰风漫画的倾向。"

但是这漫画的倾向，从另一方面说来，要晓得他们并不是照眼睛所看的来做绘画的要素，是要在绘画中托作家全体验表现出来。说他漫画式的绘画指的是:譬如画一个小孩子的颜面,常常不依实物画得变为歪形,或者太圆,或者太大。这种描写,在不解他们意思的人们看来,自然要说是漫画。本来艺术所以为艺术的本质,不全在模写对象上,却还要能创造自我的内部性,所以愈是纯粹的艺术便愈能直接表这样自内的精神。这精神的本质究竟在何处?就是在不能用言语和外面事物说明的情意。情意的性质是不绝地要求表出,所以艺术上情意的表出,可说是自我内部必然的要求。如果单从视觉上来模写实物,绝不是官能全体验的感觉,这不过指形的意义罢了。

复次要说表现主义的色彩:表现主义对于色彩的力,是显出很强烈的。因为要使强烈色彩的调和,所以在配合上特地离开实物取一种不同的再现方法。譬如画一个啤酒瓶,最高的光色,乃至阴暗部分,从自己创出的便利上,调和的颜色。至于实物在他们的视觉上,好像没有关系似的。专以大胆的笔触运用,看到对象时候,仅联想物体的阴或明的所在已经满足。下笔时候,也不用思索,但用直接的感觉。有时黄、赤、青夹杂使用,常常画面上看见像斑点的颜色。

表现派的色彩,从综合上用得又很充分,但是渐渐地容易失形,看上去成为平面的东西。这也是与从来绘画上所不相同的地方。

再讲手法:就如上面所述是成为一种"表征"的形式,在这"表征"的意义之中,都是由作家自身的性质而来,对于自然性征,大体也都由作者主观的活跃,显出自然的断片。

以上是表现主义最显著的理论和主张。

上面仅将表现派重要的主张引出来说明了。相继就把现在画坛的作品上所感觉到的一部分,提出来说说。现在画坛上的表现派,仿佛同印象派成为对峙,又像印象派自身对着表现派辩解的样子。试看现代受表现派倾向而生出的作品,依他们最明显的原因上考察起来,不过在从来模仿自然的印象派上更深进一层罢了。向自然中用极自由个性活跃的描写上,尽力地要"再现自然"这件事,原是依着时代的要求而来。

人们的生活，依时代刺激的影响多少起了变化，在艺术上进行的方向也跟着时代趋于别方面的进行。因此，今日画坛表现派诸作家的作品上，要说他纯粹是表现派，他们确还有表现派以外艺术的分子含在其中，所以要指着现在作品，一定不易地要说那一种画就是表现派，恐怕也很难断得确当吧！本文前面所说，现在画坛的表现派之中，应当看作有两种出发点。第一种：就是从原来的画风"依印象为主"转进到表现派的那一派上考察。这派画风的倾向，在外界一切的形态上，不管他是近于什么作风（也许类似表现派），但是看他们的画面，还是从视觉来依据自然的状态，所以自然的形状，也有七八分存在。所谓单纯化，只是无效果地描现，是没有用的。所以他们试验物象的单纯化，是在艺术正直优良的路径上；可是这路径，是没有限制的。然而物象没有明了而反对物象，艺术的本身没有理解而一味地单纯化，他们都认为不彻底的。

像原来依着极细密的被写物上，观者一望上去就能明白那巧妙自然的模写，这种手段，也不以为然。他们所描出的状态和色彩的效果，也很能够加上一层丰富的情味；但是他们并不束缚在自然之中。"使用单独色彩和线条，能兴起观者的刺激和兴味，前面所述表现派的主张之中，已经说明"。然而照这样所描写出来的物事，究竟是什么？不能显然地明白。至于刺激与兴味，究竟怎样能扩大？还都是疑惑的事咧。有些作者，全然不知用意而描写单纯化，把自然一切的形态，变为歪斜，这可说是停止现实的改造呢。譬如色彩上所现出物体的形，完全不加识别力，结果，一些也捉不到什么。这种单纯化，纵令他说得怎样伟大，在艺术上确没有尊重的价值。再要想从浓淡捉住的要领和精确笔触在艺术上显出极有效果的东西，一定不会得到吧！像表现派那种画面，很容易制作，因为表现派绘画在视觉上专接近主观现象的特性，所以任意地把形态放弃了。（这一段话，是为印象派的辩解，而反驳前面表现派的主张所说的。）

第二种：是拿表现派范围以外的东西（依印象派为主）来做表现的

目的,要把情绪的生命向画中注入。因为有这种浓厚的倾向,他们的画面上,不但从绘画的调子方面用意,而且常常在笔触的性质上活动的,确有种"表征"的意义建立在画上。他们在吸取自然景色的时候,立刻就会联想到笔触在画面上怎样来现出手法,又会怎样地适取,同时也在脑筋中转着了。

画家在想象之中一种判然浮出的笔触,都从作家的个性而来,也就是个性特征的东西,正像人们写的字,一看上去就能看到那个人的气质。这种神经质的式样,在别种画派上,是不能看到的,也就是这派的特色。推说一层:笔触上所谓清秀、浑雄、温雅、静穆等等风格,都要从各种不同的气品上分别出来的。换一句说,还要从可能的技术而来。这种描法,倘然在写生的时候,只要印象上稍为滞钝一些,就不能捉住瞬间的变化。他们画面上所取的调和,并不是单画出浓淡,要将景色上印象着的地方,描出空气。全部用颜色时候,对于全画面空气包含着的"零围气",最注意地把它显出来。

上面所说的第二种,虽是印象派脱胎出来,但是与印象派微有不同的地方,前面也可看出。现在再略述印象派的本身:印象派专依微妙的视觉,在空气振动上追求,所以在描写的兴味中,常常离开物质的性质,从这一点上穷追到极端。结局,陷于色彩主义的特征!

要而言之:印象主义所有的笔致,如何会生起适应的个性? 如何会贯通作家的气质而再现自然? 只要把那表现主义轻视的笔触上对照起来,就很容易明白。现在更用明了的话来说两派对于自然的态度:印象主义,是用沉静、稳定的态度来观察自然界和自然同声地欢乐和歌舞;表现主义,用夸张、歪形、轻视的态度在现实之中,独自勇猛突进似的,听那原质奋感的绝叫。

从印象主义做出发的色彩派,一转入表现派的倾向,在这倾向极端的时候,就要排斥现实模写的说明,渐渐取远离自然的态度,另显出一个到表现派过程的作风。这就像上面所说过的,是受着新时代的刺激而来。但是"自然隔离"或达到"自然密接"的两个途径，虽然同样有极端的作用，但也可说是有因果的关系。

现代绘画上，还有种嫌恶现实而达到漫画化的再现，有这种倾向的作家，都是要创造表征的新画面。但是这种创造力产生的作家，还是要有官能全体验的表现才行。作者观照的时候，如果过于画出形态歪斜的地方，不能认他就是对的，不明确时候，还是要把表征化当中所残留自然的真，再从被写物上参合适取的。严格地说起来，自然隔离的正当与否，第一，要看作家艺术的技量和作家必然的作风，以及作家艺术的良心。如果这几层根据点一些都不顾虑，仅依画风的流行跟着地去走，不可说没有危险呀！

虽然表现派仅看到残留着一些自然，要是那些作品使我们不能得着何种铭感，那就不行。有的作者，单为了奇特的技术和时代趣味的倾向，无意识的模仿他们的形式，更是没有意思的了。所以表现主义的内容，不得不明了的。在原来从印象主义到表现主义之间，各作家个性的要素上都有不同，所以出发点，也有相异的地方。

综观上述说来：印象派所描写的时候，心地上不免有种机械的束缚，依一定的技巧，忠实地描写物象，作品上必要有自然的再现才见到作家的个性。所以印象派，是"服从自然"的。表现主义所描写的，全然是个性的东西，在作品上现出的，是个性行为的再生。前者的艺术，是从气质一贯上再现自然，后者的艺术，是把画家的观念浮在自然之上，所表现的，绝对不服从自然。

原载 1923 年 4 月 14 日《时事新报》

绘画上的象征主义

　　艺术上的"象征",不得不有彻底的观照,要是忘记了彻底的观照,单用抽象的解释,就容易流入"讽喻"或"寓意"的说明。讽喻和寓意是用复杂的外形以表示人间的事情,把内容看做平常的东西,反将外形看作重要,所以象征这个名词,艺术家虽然容易认识,不过都是偏于这"讽喻"和"寓意"方面的说明,能够明白区别出来的,确是很少,现在先把象征的意味,确定一下吧!

　　象征的语源,在古希腊时代,是指两个半面物事的符号,又用在人与人互相亲密的标识,后来把这个标识,常用在仪式上,只拿形式表出心状的一种方法,在一个形体上,含有心状的意思,换一句说:用一半符号一半思想,现出一半的符号上,笼罩全部的思想。

　　如上所述,象征与讽喻不同的地方,既然可以明了;但是在同这"讽喻"全然不同之间,含有共通意味的,那不是象征。所谓含有共通意味的,是"表征",表征是依弧线来代表周围的全体,所以同象征的意味就不相同了,因为讽喻是由空想而成立,象征全由想象做出发点的。

　　想象是要彻底物象的核心,空想仅停止在皮相上,想象是要由内心的感应上表示出来的,空想仅以娱乐的慰安,单弄形式罢了,前者是用切身的活动去对付,后者不过是肤浅的动作,象征和讽喻的差别,就在于此!

我们一眼望得见的立脚点上,实在还有无限不能看见的物事,因此,在可以看见的世界中,要体现不可看见的世界,前者是"结果的世界"。后者是"原因的世界"。我们若根据于前者,那么,不能探索地方度外的事物,要是我们罩在可视世界的范围里,仅依感觉到的界限中停止。恐怕恒久的事,绝没有在我们的心灵上活跃了。听小泉的流水,看秋叶的散落,在科学家当然另外有种说明,暂且不论,艺术家如果单依组织的说明来解释,恐怕还不会满足他们的心状,一滴水、一片叶,拿来检验时候,要回溯这水和叶所以成就的原因,当然要有人智以上的认识。

简而言之:结果的世界,就是感觉上要把灵性扩大,就要依着"想象力"而来,"想象生象征,象征是想象之翼"。

既明白象征的意义,便该述绘画上的象征。

我们生活中不看见的体现以上,占我们生活最上位置的,就是精神的活动,艺术间这一层不可看见的世界,确是有密接的关系,人间的智慧,经过了一种□的估定,在自身上就形成一个世界了,像佛经上所说的:"芥子之中须弥山"。虽在一个极细微的物象中,确含有个广大的世界。仅是现出来表面而不向更深更广的世界中开展,那不过是艺术的形骸罢了。严密说一句:凡是单保持表现的东西,不是艺术! 在表现以上的世界中开展,同时具有活泼的动作,这才是艺术的象征!

照勃尔逊所说:世界万物,都是流转的,没有片刻停止。他拿"移动"做万有的法则,譬如站在现在的视点,只要回顾后面,就会现出过去之相,向前眺望就会现出未来之相,就是在现在的瞬刻中,也是移动的。现在应该编入过去,未来要在现在中提出,所以没有固定的事实,虽然,固定是绝对不能相容,但是其中存在的继续,捉住那恒久相,却是原始以来人类的欲望。艺术是向这种欲望的结果而生，就中的造型艺术（绘画、雕刻等）把这欲望体现出来是造型艺术唯一的目的。

再说造型艺术，不但时间和空间不被约制，而且还要有超越乎时间、空间的必要。所谓象征，不但不受时间和空间的约制，而且还持续恒久的生命，到这一步，才生出造型艺术的象征，要同"讽喻"或者"空想"的产物同样看待，那就有谬误的地方！不论有崇高的宗教的情绪，或者有缥缈的文学的构想，拿来吸取到绘画上，如果不是在纯粹造型艺术的动机上做立脚点，就会把他本来的价值灭绝。现在的绘画，或者空想，或者描写一件事物，并不是要有说明这张绘画的本领："一幅绘画——描写战场的战马或裸体的妇人——与从逸语上着想，宁可先依纯粹组织的方法，用色彩来平涂表面。"这是摩里斯·德所说的话。

原载 1933 年 10 月 22 日《中华日报》

裸体画为什么要研究

我国的画家，照着活人裸体去练习作人物画的方法，在从前礼教之下，绝对没有。近十年内国内一般研究新艺术的人们，沾染了欧洲的画风，知道欧洲画家作人物画要先从生人模型来做基本的练习，因此，现在也办到活人模特儿，这是在艺术界上值得记录的一个运动。

不过现在有许多画家画模特儿，未画之先，就有个成见，以为中国人的身体，头部占全身七分之一，西洋人的身体，头部占全身八分之一，仅看了解剖学上有这句大概比例的话来作人体画，所以画成时候，常常比模型过意升长。这虽不是十分有害的事，但是不认定描写自然对象的配置，任意描长，对于人体的权衡上很易错误。如果认这种错误是对的，那么，不必用生人模型。其实画人体，不是一定要像西洋人的身体就算美，中国的女子模特儿，只有六分之一的躯干，但是在我们研究时候，能够把全部美的要素综合起来，未尝不能见到优良的地方。米勒画素朴的农妇，库尔贝画刚粗的农夫，陶尼画无邪气的小孩，雷诺阿画富有爱娇的笑女子，都是从各个模特儿不同性格上，提出自然的美。我们初研究模特儿，也要有这样的尊重和铭感。

酷爱艺术的人，第一，要在自然的真实上去追求，追求自然的真实，先要在诚挚和稳实的技术上下工夫，技术是传达感情的工具，疏忽了技术，仅言感情，毕竟成为虚伪。要充实技术，就不得不从唯一的对象"人体"上去下切切实实的工夫。

如上所述，描写人物的基础，那就非研究裸体不可。这句话，凡是有些洋画常识的人，都能领会。人物上的构成，是含有很复杂的组织，虽然，在研究时觉得困难，同时确亦是最有趣味的地方。画着衣的面部与服装，如果不依实相的观照上描写，仅画出一些景物和表面，结果，成为一种风俗的记号罢了。从事艺术的人，都要赤赤裸裸地把自然的实相披露出来，并且要捕捉内部的灵魂，所以绝不是单在表面的。

研究裸体时候，不论立的，坐的，静的，动的姿势，在人体全部的美上，要有精密的认识，还有从面与面生出复杂交错的形状、色彩、调子等，在立体存在美丽上，亦要有整理的注意。至于复杂人体的组织和筋肉的运动，更须从立体的"面"上加深刻地研究。

最初描写人体的人，对于艺术解剖学，是有研究的必要，但是画家研究解剖学，并不是同医生所研究的一样。只要明白筋肉和骨骼的名称，就能应用。这种普通应用的学理，确也不能缺少，依身体的运动而生起皮外的变化和筋肉的所在，能了解根本的组织的，在描写自由姿势和状态时候，不但不失去技术的坚实，而且更加一层丰富的表示。

研究人体的初步，与其用颜色来表现，不如用木炭经过一番锻炼，如果对于人体的权衡、圆味、肉感运动等没有充分的研究，无意义地使用色彩，往往费许多练习的时期而不能得到一些效果。这种随意使用色彩的画面，不但容易看出色彩的贫弱，而且对于人体上色彩的本质也辨别不出。所以素描的练习，在研究人物画上，更须注意。

中国研究人物的画家，在近几百年中，没有看到一个能手，究其原因，有下列两种：

一、中国画家，都把山水画看得太重。

二、向来国画家摈斥现实，崇尚空想，所以描写空想人物画的作家们，都不免陷于因袭的通病。

有上面两个原因，历来虽有少数的人物画家，也不过画些抽象的历史画，这是我们在国画上最容易看出。试看前清一代作人物的画家，有没有画过清朝服式的人物，这就可证明中国画不表显现实的状况。排斥时代精神而专摹过去的画风，艺术也就此堕于贫弱的征候。我以为艺术，绝不能与时代可以脱离，离了时代的艺术，免不了虚伪、假饰、因袭等弊病。中国的人物画渐渐退步下来的原因，就在于此！我们现在研究人物画，只脱却从前国画上模糊影响的习气，尤须明了人物内部的组织，要明白内部组织，就该研究裸体。中国画家轻人物重山水的观念，由来很深，其实还是感觉到人物难画的缘故。西洋的作家，最注重人物画，从印象派以后，虽然风景画比从前流行，但制作，人物总比风景为多。我以为人物画比风景画来得高尚，因为人物赋予自然的灵性，尤其是血脉常动的肉体上，更能见到灵活的地方。自然界幻变的物体固然很多，但没有再比人体组织上那样复杂，洋画所以要研究人体，也就是这个原因。

不过在初发现研究裸体画的中国，免不了受着外界的非难，妙不过一般道学先生，常常拿道德来批评裸体艺术，这本来不值一笑的滑稽批判。要知道：美不是束缚在道德之下的东西，有美的价值，或可说是有一种道德的效果，绝不是有了道德的价值然后才算美，只有美可以维持道德，道德不能维持美的。美可以概括道德，道德不可以概括美。美能为道德的评价，道德不能为美的评价。裸体美，是自然界中的至美，不容道德来限制的，可是国内有不明白裸体意义的人，常常依遗传和习惯的观念，又架上一副旧礼教的眼镜来看裸体画，难免有大惊小怪的呼声。总之：我们既认定裸体的本身是纯美的，那就不能拿道德来束缚，要是以道德来束缚裸体艺术，就无异说，以道德来束缚美。美与道德这个问题,从来欧美的哲学家美术家常起争端,然而争辩结果,道德总不能侵犯美的。

原载 1933 年 8 月 14 日《民报》

广告学上美人的研究

现在我国社会上，对于广告这件事，很缺少研究，在欧美各国，都用各种广告术，来助商业的发达。从前我国的商业，都抱闭户主义的，不去寻那推广营业的方法，所以拿美术去代替广告的事情，可说是没有的，近来有几种商业，渐渐改良起来了，如保险行、药房、银楼、香烟公司等，每年看见有他们所出的月份牌，那月份牌上所画的画，无非千变一例的美人画，美人是能够引起一般人的注意，倒是很好的意思！在欧美和日本也颇流行的。但是以美人来代替广告的画，总须要研究广告上的目的，是否和它相符，是切要的问题，所以我就用"广告学上美人的研究"做个题目，来讨论讨论。

广告上的美人画，应该要从"趣味"和"描线"上着想，不能够脱离艺术范围。我国现在所流行的美人画，既失趣味，又少生气，我常常在马路上看见那月份牌，真可发笑，不是纸扎的，就是像铁打成的，美女的面孔，都像水晶体似的，没有表情，也没有肉色的感觉，说他是中国画，他偏要画些影子，说他是西洋画，他偏要点缀些中国画的背景，那种"消魂画"还有什么价值吗？

那作画人的脑筋里边，无非是取媚社会，以谋生活，都是缺少艺术上根本的研究，如果把美人画，仔细地分析起来，亦是一种因袭的绘画，没有超越寻常的特点，所以讲到广告学上，实在幼稚得很！我以为真要研究广告上的美人画，要注重的事情，就是要能够"脱俗"。

绘画不可东移西凑的，而且要打破抄袭这一件事，我常看见有些画家，拿着照片上的人物，用格子片来放大，或用擦笔木炭画上面，加一层水彩画颜色，他对内部的人体解剖，和表面的光暗，是毫无理解的，完全是一种机械的作品，那些画就是没有画学知识的人，也能够作的，那也可称他是艺术品么？

广告学的美女画，不论"颜面"、"态度"，都要用"暗示"的意味，放射在表面上，不能呆板一例；否则就失去他广告的效力。还有一说：广告上的美人画，是客位的，不单是在这美人上面去着想，要和主位竭力凑合，烘托主位，是极紧要的。如果专重客位，那主位的目的物，必失去效用了。所以广告画上用美人是有一定的地方，在这个上面，用简单的一个解释，总要"名副其实"，例如画化装品的广告，可以有美人，保险公司的广告，就不是一定要有美人。假使各种不应该用的地方，要拿美人来暗示，未尝不可，但是不可失去主体物的作用，是要明白的！我国的广告画则不然，不论药房、保险行、香烟公司和种种的月份牌只有一个死板板的美人，而画的美人，美的地方，简直可说他失去尽了！看书没有看书的表情，动作没考证。

现在美国有个专绘美人广告画的青年画家，叫果尔顿爱尔，他有一段对于广告学上的经验谈话，很可以供我们参考的！他说："我的广告画，是主张单纯和个性所发挥的。技巧这件事，不必一定要用哪种派别，我当初所得的知识，都是和美术家交游上所感触的。他们有各种长处，都能够做我的参考。"他的广告画，用单纯线画成居多，极有严密的意义，并且对于广告的本旨，没有一些违背的地方，他因为有丰富的想象力和熟练的感情，都能够表现到"惟妙惟肖"，而且常有特异的制作，人都称他为近代广告画的首脑。

还有一个英国伦敦的广告画家名叫辣起爱司,也是用单纯线绘的,他五年前画了一种特勒司克雪茄烟的广告画,那广告非常惹人注目!人人都爱他,于是那烟也渐渐地广销,这岂不是广告上发生的效力么?讲到他的广告画中,是专用美人来暗示的,不论哪一种广告,都有引人入胜的魔力,他的作品,并没有用什么说明的字样,完全用表情来引起顾客的心理。

广告画和普通画不同,因为广告画是要引起主体物的作用,普通的油画和水彩画,是技巧上的作用,所以广告画的构图,CONPOSITION比较平常的绘画为难,非有别出心裁的结构,是没有效用的精神,现在那些消魂的美女画,他的主旨,已经错了,要快快下些努力的研究,改正!!改正!!

月份牌美人画,在社会上已经流行几年了!一班看画的人,已经中毒了!看画人的脑海中,都以为那种画,是现代的新洋画,假使换一种正轨的艺术品,他们一定要批评他。"没有道理","什么东西",咳!我对于那种美人广告画,实在为我美术界,抱悲观的呀!我总要希望画月份牌的诸君,再从根本上彻底地下个研究!有动作的姿势,甚至有几幅多数美人聚集的画,也是你为你,我为我,情节上都绝不连贯的,还有对于布置适合不适合,画题相当不相当,却也是"莫名其妙"。

我国的洋画,现在正当过渡时代,社会上的人,对于美术的观察力,很薄弱!因为审美观念缺乏,所以看那些月份牌的美女,欢迎者很多!于是那画月份牌的作家,遂得意洋洋,算是迎合世俗了!照这样看起来,我们艺术界的前途,岂不是要受他们的影响吗?

我们在艺术界上奋斗的同志,应该负些责任,不可用虚伪的眼光,就因循把他过去,那种不规则的艺术品,当然是不能承认他的,我又很希望画广告画诸君,须要从艺术上寻些正道的研究,那种"假饰"、"虚伪"、"坏风"的作品,自己也应该觉悟,凡事总要谋自己和群众的趣味,拿这个意思解释清楚,个人的生活问题,也不难了。

原载 1920 年 3 月 31 日《美术》第二卷第一号

现代装饰艺术浅解

艺术的嗜好者，赏鉴古画、古本、古帖、古物等等，他们是无古不愿寓目，这是一班有产阶级的消遣品，并不是现代艺术上的需要。我们所说的现代艺术，是要在日常所见的事物上着力。

都会中的事事物物，尤其是现代各国的都市，近的说，如上海近年来各种流行物，我们所接触的衣食住行，都含有艺术的要素，如果离开了艺术，便不成其为都市。

社会既然是需要这门艺术的设计，何故中国的装饰美术依旧没有注意到呢？这要怪我们研究艺术的人常唱高调的缘故。"艺术的艺术"，闹得自己以为得意，实际对人间并没有一些贡献，艺术学校的生徒们，毕业以后，境况好的，还可以继续去研究；境遇坏的，便失却勇气，再也拿不起画笔，这是太把艺术当作清高学业的缘故。

欧洲各国，都有艺术学校，那种学校的目的，专门利用短时间造成一技之长，使学成一部分的手艺，便可自谋生活，而这种人才，社会上亦至为需要。我也想到了这一层，应该现代的装饰艺术，希望提倡艺术者留意一些。换一方面讲，要纯粹艺术有出路，也非得先来着重手工艺术品,使吾人日常需要的事物,含有艺术,自然能引起一般人爱好美术的习惯,要是专唱高调,恐怕无济于事的了。

我觉得装饰美术,也不仅在奢侈品上着力,还要在一般的商业工业方面去应用,工业不能离开装饰,谁也应得体会。商业亦有同样的效用。工商竞争,第一,在发明、设计、意匠种种,试问这几种,是不是要尽量容纳图案?我们中国,这曾拿古董来赞叹前人的伟大,少有人去下现在改良的工夫。古董可以向外国人卖钱,外国人收买了中国的古物不尽是摆在公共博物馆里做点缀,是为的使现在人再有新发现。这层意思,可以说现代我国人都忽略了。无论哪一种工艺品以至美术品都没有进步,其原因便在于此!

靠见识与技术浅薄的手工艺者一些发明工夫,总觉得有限,全仗治艺术的人了解此意。我们现在所需要的,社会实际上所需要的,先要注意到应用美术。

原载 1934 年 1 月 8 日《民报》

图案的价值

图案画是近代各国极力研讨的一种学术，在绘画上，别开一条光明的途径。这种美术是最趋重于实用方面，我国研究绘画者，素来不注意图案，几乎连图案的名字都弄不清楚，通称为模样或花纹，以为这是没有多大的价值。近来提倡职业教育与生产教育，同时设法发展国货的声浪，一天高一天，才知道外国货充斥市场，并不是原料一定比中国特别，实在还是装潢得美，这个美的装潢，就是靠着图案。另一方面讲：凡是能够满足我们精神上的娱乐，肉体上的便利，都是受这图案画的支配，所以图案画对于人生，竟是一刻不能分离的。

图案画的定义

我们研究一种学术，应当先要知道它的定义，要把图案有个定义，可总括说："图案是一种实用美术。"就是对于某种意匠（对于实用的器具上用自己的意思加上一种修饰，使得这器具变为一种有意思有价值的一种方法）的形状、装束和配色三个条件，用适当的配置，使观者能兴起一个有意义的制作。

图案和绘画的区别

我们从历史上研究，把（前史时代）穴居野外时候的人类所遗传下来的东西，像地层里发掘出来的猛兽骨片，碎破的土器，这类东西，若仔细去研究，可以得到两个途径。

（甲）自然的表现——就是把自然物照了看见的形状，从各种动植物或别种东西里，来做一种记号，后来一代一代发达起来，成了一种纯粹的美术——绘画。

（乙）意匠的装点，原始美术，并不是记载自然，完全从人类天赋的美感冲动而流露出来的一种应用美术——图案。

图案的原始

装束一事，不仅是文明人看得很重，就是未开化时代的初民，他看得比衣服尤为要紧。从前达尔文遇着一个非洲蛮人，送他一方红绫，看他做什么用，他并不制衣服，把绫撕成细条，送给他同族，去做身上装束。

综观初民的装束，包括起来，分为两类：固定的与活动的，固定的如文身、瘢痕、穿耳、镶唇、穿鼻等。活动的如巾、带、环、镯、发饰等。其中有个文身，是初民最早的装饰，也就是图案的产生地。所以我们要知道图案的原始，应当先从文身上研究。

澳洲土人旅行时，常携一个袋鼠皮的行囊，里面带有红黄白三种颜料,每天须在面部、肩部、胸部点几点。最特别的是 Botohuden 人,全身涂成黑色,用红色画一条界线在上面,其余各民族画身的习惯也很多。

初民活动装饰里面,他们常把毛皮切成条子,把兽牙果木等排成一串,鸟羽编成绳子,都含有美术的性质与图案的条件。身上的刻画花纹和颈饰腰饰上的兽牙螺壳的排列法,都是图案的原始。但是都属于身上的。到了他们的心量渐广,美的观念又寄托于身外的物品上了。他们起初穴居野外,到了冬季,就躲藏不出,在穴中将平时所看见的所崇拜的禽兽果木人物等等,画于岩壑或刻在器具上,或镌于动物骨头上,来安慰他们的无聊,这就是装束图画,也就是图案的发端。

图案的分类

图案的种类甚多,大概分染织、刺绣、陶瓷、漆器、建筑、机械、雕刻、印刷、珐琅等等,如果都要研究,人们的脑力有限,绝不能胜任,就中以自身所爱者,专习一种,也要几年工夫,此间不说专门,只用一般普通的图案画入手,现在简单地分为两类。

A. 平面——模样(即花纹)的组织。

B. 立体——器具的意匠。

图案优劣,虽不能用言语说明,但是脱不了美的原则。再拿美来分析起来,可以得到优美和壮美两种。

A. 优美——曲线是优美的要素,在优秀柔和,女子的美属之。

B. 壮美——直线是壮美的要素,在整齐威严,男子的美属之。

论线的美,有许多人以为曲线是美,然而直线也是美的,譬如直线是楷书,曲线是行书,所以美的条件,不是尽在曲线,也不是尽在直线,尤其是图案画的线,是要曲线调和。

要这两种配置得当,终不离图案组织的原理。

图案组织的原则

A. 变化——不可单调板滞,就是形式和装束上色彩的变动和布置的新奇。

B. 统一——混合全体使成贯通有系统的面而不失于紊乱。

C. 均齐——关于几何学上有规则的原则的原理。

D. 平衡——左右不可偏重和盈虚不均。

E. 适合——各部高厚广的比例,恰合美的分配。

F. 连续——用一个或一个以上的单位来充满于无限面积上,使观者生起缠绵不断的一种快感起来。

G. 安定——关于物理上力学的研究。

H. 反映——不同性不同形或不同色相配置时生出反映的美。

图案上的笔触

不拘平面和立体要在应用方面而加上一种自己的意匠,同时配置在形状和装饰的上面,这种表现的方法,非常困难,因为物品制造的材料不同,故表现思想的手段,也不能一致。兹将表现的笔触,略分于如下:

A. 单用线条。B. 线条中分出粗细。C. 拿影翳来表现。D. 影线同用。

以上四种,在图案上都是极普通应用的。

插图总述

本书前后共有图案十余幅,分衣、食、住、行四种,习者可一一研究,每图中又附以简略的说明，可以明白组织的大概。图案画，最着重变化，随自心所欲变成一种清新的感觉，切不可陈腐。但其条件上，须要有科学的眼光、绵密的思想、神巧的手术，把各种自然物品和各民族风俗人情的特性，支配到作品上，要增加优美的程度。所以图案画，最重创作，不宜模仿，万千变化，推陈出新，举一反三，都在习者自己用思考去做！

我国工商业落后，目前提倡小工业时期，对于图案是有极大的助力，学校方面，必须从自由制的绘画引用到图案上去，这是教者与学者须一体领会的。

原载汪亚尘编《师范学校教科书·美术》

上册，商务印书馆 1935 年版

图案教育与工艺的关系

　　第一号《美术》上我有《图画教育应该怎么样?》一篇,是没有提着图案一科,所以再用"图案教育与工艺的关系"做个题目,把我的意思,尽量地写出来,和大家研究。

　　国民小学校的教育,从创设和自发的意义上讲起来,是各科学的梯阶,各业的基础,但是所教的科目,在一科之中,并不是专门对于一科的作用,譬如地理、理科、图画、习字,这几科里面,都含有几分相关联的地方,并且都是依数种特长的要点贯彻于一个目的,现在和将来应顺社会上各种事业,做一个健全的国民,他的根本就在于此。

　　现在所有的一小时能飞一百多英里精巧的飞行机,那种东西是怎么样造成的? ——就是制作人的技能,如果那制作者,没有创设的工夫,没有意匠的能力,绝不能成那种在空中操纵自由的形体了。人类中那样巧妙的动作,也不为发现了,这真是偌大的工夫,偌大的意匠!

　　从现在社会上一切生活和我们日常所使用的物件上看起来,都是有研究,有发明的。倘然没有研究,没有发明,还能讲物质文明吗? 所以我们对于平时的动作,仍然要下点工夫、下些意匠。

我们为什么要研究科学？为什么要领会技能？简单的答案——就是社会上各种生活，都可以用科学和技能来征服他的。美国现在的丰富，在世界上占第一个位置，他们的成功，确是全力注重于实业教育的结果，但是他们实业教育的根本是什么？我可答是——美术。

美术是养成意匠力的根本，意匠力的养成，就是美术上图画科的本领，他们有这样的信念力，所以达到世界上占第一位的富强。

日本趁着这次欧洲大战争经过的五年中，实业也活泼起来，现在日本全国的工厂，一天一天地增加，工艺品，渐渐多起来了，所以一般资本家，好像发了旺财一样，这也是他们"意匠"和"工夫"的锻炼上所见的成效。

照上面说起来，这"意匠"和"工夫"的锻炼，在教育上就不可缺少那图画的学科，因为图画科是锻炼意匠的第一目的，这一句，并不是过意把图画抬高的话。

一片铁，一根木，一块泥土，种种材料，如果从适当的意匠，生种种的发明，就能够成为美术，也可以制造人生应用的物件，养成创设的"意匠"，虽然在教育上是统一的，但是养成发明或创设上的技能，完全要用图案的学科了。

再进一层说：如果要养成绵密正确的各种能力，一方面还要培养发明和工夫的意思，然后能收绵密正确的效果。至于理科等学科，虽然可以发现绵密的观察，但是依我的意思想起来，这些绵密的观察，不过一种发现罢了。图案的紧要地方，就是在制图的上面比较以上的观察，当然绵密得多！但是要有"美术"和"想象"的作用。总之不论哪一样事物的制作，第一步免不掉制图和图案，至于形状的大小，当然依材料的选择，定各部分的构造，凡一样事，制造的时候，从起首到完工，必定要有很绵密的注意。在造物进行之中，遇着用种种新模型、新花样的时候，这就要发现工夫的地方，也不得不用正确绵密脑力了，教育功效，也都在这个时候发现的。

正确绵密的制图,和工业品的图案,都要用深刻的研究,苦心经营,就是将来的成功。练习的时候,总要把真的意思上面求一个了解,从自己的知识,得一个苦心的结果。那些成功,实在是人生最快活事情,单是在修身书上得来的那些教人忍耐、教人勉励的知识,可以说是半命令的,不如手工图画的科目为实在。手工和图画等科目,都能够在不言不语之间实行起来,依这样比较上说来,图画手工科,实在可认为有价值的重要科目!

工业趣味的培养,是现在我国最大的急务,能使一般国民对于工业趣味向上,就是促进工业兴盛的进步,但是我国工业上,并没有这个"图案"名目,向来是称"花样"的;到了现在,仍旧守着一个相传下来的老法子。我常常在上海看见我国的普通住宅,家家户户是一样格式,所不同的,里面房间的大小罢了。留心看那房屋上的图案,总是雕着些卐字、八结、丁字式、如意式的花样。看到墙壁上面,也不过画点旧戏剧和些古事,那所雕所画的工人,只晓得照前人的样子,却不解为什么要用那些花样的缘故? 还有人家住宅里用的器具,也是如此。讲到木器中间的桌子、椅子,都是用很好的材料做成的;然而坐在上面,觉得很不舒服。那桌子、椅子的形式,无论看几百几千张,总是一个样子。以上的话,我不过指出来做个引证罢,以我个人的意思想来,不论工艺和商业上,都要从美观适用上面研究,那些师承旧法上,要加些意匠的功夫才行。

我国近来提倡国货,非常狂热,是很可敬可喜的事情。如杭州所产的绸缎,湖州所出的湖绉,那些织物图案,比较以前进步了许多,但是日常应用的东西,虽然写着"改良"的字样,却是有些不能引起顾客的欢迎,推其原因,仍然是少"意匠"和"图案"的缺点。

我们跑到先施、永安那种店家,看见了舶来品,人人欢喜它,虽然价钱比国货贵,总要买来用它,这是什么缘故呢? 因为舶来品的"图案"很精,"意匠"力很充足,有"图案"和"意匠"的物品,它的装制就美,美丽的物事,经过人的眼睛,能引起一种美的感觉,美感冲动,自然而然会去买来使用了。

按上面的情形推察起来,可说不论哪一种作业上,都不可离开图案的。就是简单的事物,也须先作一个图形,然后可以下手。再讲到我国的木工造房子的时候,也要先画一个略形;但是没有精确的预算,所以往往造一间房屋,譬如原定五千金,等到工竣,总要超过预算之上,这也是作业设计的不完全。

考案是什么?——就是别出心裁发明一样东西的意思,考案的起首,不过一张白纸,要用许多脑筋的经过,才能成功。

制图是什么?——就是考案的对象,与考案有密接关系的,但是制图上安全要用"图案"的思想来成功的。

综观上面归纳起来:这"图案"在工艺上,实在负重大的任务了。我们对于工艺品一般赏鉴和批评,应该抱什么态度?——就是对于"图画"、"音乐"及种种的美术品,要表极大的同情,是无疑义的。还有对于真艺术品的趣味不明白的地方,也不可不埋头地下些彻底的研究,我对于图案一科,辅助的地方有两种:

(一)工人方面:我国工艺上,向来有一个"三年徒弟四年伴"的规矩。在这"三年徒弟四年伴"的时候,都帮着人做的工,并且这种可怜工人,受过教育的很少,能依着前人去做,算是谋生活第一个目的;要他自己意匠,哪里能够呢?现在我希望我们研究艺术的人,应该用正当的法则,做些考案,来补助他们的不足!

(二)学校方面:图案画一科,在种种工艺的基础上,既认为不可缺少的学科,所以学校的图画科里,应该要加图案一科,教育上有了必修的功课,就使人人都具有赏鉴力;有赏鉴的能力,工艺的趣味自然渐渐地向上了,这就是我说的"图案教育与工艺的关系"。

原载 1920 年 4 月 30 日《美术》第二卷第二号

先觉与后觉

——打破绘画上的师承主义

　　从前我们中国人学画，有个固定的方法，那方法的第一步，照了师傅的笔迹去临摹，临摹不像，就去影摹（影摹就是中国人初步学写字的方法）。师傅的笔迹，也脱不了他太师傅的手笔。进一步说，就是高妙一些的画家，无非是抄袭古人的画面为能，陈陈相因，直到今日。我现在敢大胆地说一句：历来国画的精粹，确都被抄袭派的国画家消灭殆尽了。这种传种接代的方法，在东方绘画的道统上看来，似乎合理，但是自己只会拿遗产使用，不会启发，实在是个劣点呀！试想几百年来，中国绘画上所出的那班子孙，竟一代不如一代，到今日画学衰微，无可讳言，虽含有别的原因，但从他们抄袭的奴性上看来，确不能不说是一个重大的弊病！

　　回顾前几年我们习洋画的人，也受过国画上临摹的影响。我记得六七年以前，一般在学校和跟着私人教授去学习洋画的人，对于教者，看得非常重要，那时候，只要教者随便画几笔，大家都会盲从地去临摹，对于学理方面，一些也不顾及。说来可笑，那时候一班变戏法式的教员，常常在教室里拿着简单的绘具，在学生面前当场出彩，一点钟，可以画成几幅杜造的滑稽画。当时洋画甚幼稚，学的人也无所适从，难怪初学者误认变戏法式的人是洋画家了；但近年来，那班只发达两只手而不曾运用心灵的技工，他那"西洋镜"很容易拆穿，他们使用的那套戏法，到今日也渐渐销声绝迹了。

自从近年来西洋的艺术输入以后，研究艺术的人，觉悟了不少，我晓得现在不迷信教者的人，一定很多，教员不过比较学生先进一步罢了。恭维一点说，是学生的指导者。然而严格地从艺术教育上讲来，从来没有固定的信念。再从艺术的根据上讲，一方面从本能而来，一方面从修养而得，在理智的教育上，我们承认以"先觉觉后觉"，但是从尊重本能的艺术上看起来，往往也有"后觉觉先觉"的地方。譬如一位阅历很深的画家，常常拿他的经验和固守的一些形式来炫示群众。普通人，以为这种人有了资格，但是在艺术上，我们却认为是麻痹厌倦的作家。譬如一位习洋画不久的青年作家，常常肯从艺术的真谛上探追，不息的用他赋予的天才锐变猛进。普通人，以为这种人没有资格，我们却认他是清新热诚的作家。后者的作家，常常拿他的艺术，去觉前者的作家，有时虽有破坏形式的地方，我们还认他是同时代思潮猛进的优秀分子！前者的作家，虽然也会去觉后者的作家，但他们由经验得到的浅肤东西，往往容易使我们的感觉疲倦，我们只认他是时代上落伍的一位老大无能的作家！

由上面看来，我觉得治艺术的人，先觉既然可以觉后觉，后觉何尝不可以觉先觉；如果先觉有不绝地向时代前面追求的精神，后觉应该有觉先觉的必要，要是先觉已经麻痹了神经，那末，非得要健全的后觉去觉先觉了。总而言之：先觉与后觉，只能认为有互相亲密的提携，绝不能拿"先觉觉后觉"那句话，硬装在研究艺术者的头上来做师承主义的格言。

推而论之，欧洲从前的绘画，也紧紧地守着这个师承主义，差不多像我前面所说中国近代研究绘画的方法一样，所以那时候，他们对于以

"先觉觉后觉"的观照也很深,然而到了 15 世纪文艺复兴时代画家达·芬奇,他第一个起来打破这个"师承主义"的关头。他的绘画论中说:"艺术家不该效法人家的作品,应该效法于自然。"他这种尊重描写自然而鄙视模仿作品的绝叫,在 15 世纪末期,可说是奇军突起,独树一帜的了。但是他还没有脱离模仿,因为他是个崇拜自然而模仿自然的作者,不过我们倒也不能把他轻轻地抹杀,因为他那时候倡言的"模仿自然"却开辟了后人治艺术的一条大路。从自然派直至印象派的绘画,虽都倾向于"模仿自然",可是在艺术上,确锐进了不少。然而在时代观察上,我们还得要有个觉悟,中世纪的绘画,是宗教的奴隶,到 15 世纪复兴运动,才得解放出来;不过到了近代,又成了科学的奴隶。近代的绘画,在自然的囚笼中,几乎要窒死了,才到最近的表现派绘画勃兴,把艺术从自然的囚笼里解放了出来。表现主义的艺术家,不愿做自然的孙子,也不愿做自然的儿子,他们要做自然的老子。这样后觉的见地,不知那般做自然儿子的先觉听到了当怎样设想呢?

我们也承认艺术上,有了前代的引诱,才有后代的兴起;然而在时代思潮上看来,就不能不尊重时代艺术的创造者。艺术是跟着时代锐进的,绝不会停止于那一时代而不动,也不是保守那一时代为满足的;所以后觉虽然有觉先觉的地方,还是要向时代前面去努力才是!

我现在还要回转来说到国画上去:国画向来有句话,叫做"师自然"。但是这"师自然",远在西洋 16 世纪的自然主义以前,可见中国古时的画家早已亲密自然。但是说到此地,我要严重地申明一句,我国古画家所谓"师自然",并不束缚于自然,他们是向自然交涉,常有超自然的地方,可是现在一般画家解释古人师自然,又缠错了。要晓得古人师自然,绝不是像西洋 15 世纪以降的画家一样照了自然去描写。他们不过假自然的力融合于自己的心灵,专由主观觉摄对象,表现内心的情感或生命的流露。以为国画上所以成画宗者,如王维、关仝、荆浩等,都具有这种的精神。要是与现在表现主义的要素上对照起来,确有许多暗合的地方，可是近代的国画家，做了很长久崇拜古人的迷梦，恐怕到现在还未醒吧。一般国画家常常说："古人师自然，今人师古人。"我要问：既知道古人师自然，又何不直接去师自然呢？为什么再要间接地去师古人？进一句：古人是人，今人也是人，古人有古人的面目，今人也有今人的面目，为什么牺牲自己去做古人的奴隶呢？再确实说一句吧，艺术上除了藉自己的"觉"向生力创造之外，什么都不能成立！

述者注：本文立意，是依我国超自然的绘画为根据点，又与现代欧洲表现主义的绘画互相共鸣，全文是指艺术家而说的。但是初习绘画的人，与其模仿人家的作品，不知借自然的对象来领会；但是领会自然不可被自然征服，必须进一步和自然交涉，把深奥的自然融合于自己的心灵，并二为一，到这一步可以说：自然就是我，我就是自然，要达艺术上创造的途径，就该从这一点上努力！

原载 1924 年 1 月 6 日《时事新报》